KB117982

밸런타인데이의
무말랭이

MURAKAMI ASAHIDO
by Haruki Murakami

밸런타인데이의
무말랭이

무라카미 하루키 지음 | 안자이 미즈마루 그림
김난주 옮김

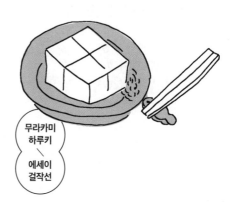

무라카미
하루키

에세이
걸작선

문학동네

차례

○ 시티 워킹

○ 무라카미 하루키 & 안자이 미즈마루

일러두기
1. 주석은 모두 옮긴이주입니다.
2. 본문 중 방점은 원서의 표시에 따른 것입니다.

。
시티 워킹

아르바이트에 대하여

벌써 십 년도 더 지난 옛날 일이지만, 내가 학생이던 시절 아르바이트 시급은 보통 찻집의 커피 한 잔 값과 얼추 비슷했다. 구체적으로 말하자면 1960년대가 끝날 무렵에 150엔 정도였다. 하이라이트 담배가 80엔, 〈소년 매거진〉이 100엔쯤이었던 걸로 기억한다.

나는 아르바이트해서 번 돈으로는 열심히 레코드만 사들였기 때문에, 하루하고 반나절 일하면 LP 한 장을 살 수 있겠지 하는 일념으로 일했다.

지금은 커피 한 잔이 300엔인 데 비해 아르바이트 시급은 500엔대이니까 시세가 좀 변한 것 같다. LP만 해도 하루 일하면 두 장 정도 살 수 있다.

숫자로만 보면 요 십 년 사이 우리의 생활이 좀 편해진 느낌이 든다. 그러나 생활감각으로 따지면 그렇게 편해진 것 같지도 않다. 옛날에는 주부가 파트타임 아르바이트에 나서는 일도 그다지 없었고, 주택융자금 지옥도 없었다.

숫자라는 것은 실로 복잡하다. 그런고로 총리부 통계국 같은 곳은 도저히 신용할 수가 없다. 단언컨대 GNP도 수상쩍은 것이다.

물론 GNP 숫자가 신주쿠 서쪽 광장에 여봐란듯이 놓여 있어 만지고 싶은 사람은 누구든 만져도 좋다고 한다면야 나도 믿겠지만, 그렇지 않고서야 실체가 없는 숫자 따위 절대로 믿을 수 없죠.

그런 면에서는 다케무라 겐이치나 다나카 가쿠에이 같은 사람*이 정말 대단하다고 생각한다. 그 사람들은 숫자가 지니는 그런 불확실성을 속속들이 통달한 후에, 그중 유리한 부분만 골라 이용하고 있으니 말이다. 그 정도 숫자면 대충 수첩 한 권으로 모자람이 없을 것이다.

　그건 그렇고 학생 시절 아르바이트를 해서 사 모은 레코드는 지금도 빠짐없이 기억하고 있으며, 한 장 한 장 소중하게 듣고 있다. 무슨 일이든 그렇지만 수나 양의 문제가 아니고 요는 질이 중요하다는 겁니다.

---

*다케무라 겐이치는 정치 평론가, 다나카 가쿠에이는 수상을 지냈던 정치인이다.

메밀국숫집의 맥주

1981년 여름 도심에서 교외로 이사온 뒤로 가장 난처한 일은 대낮부터 길거리를 어슬렁거리는 인간이 하나도 없다는 것이다. 동네 사람들 대부분은 샐러리맨으로, 아침 일찍 집을 나가 저녁나절이나 되어야 돌아온다. 그러니까 한낮의 거리에는 필연적으로 주부들뿐이다. 나는 원칙상 아침과 밤에만 일을 하기 때문에, 보통 오후에는 집 근방 여기저기를 어슬렁거리게 된다. 그런 때면 뭐라 형용할 수 없이 묘한 기분이 든다. 이웃 사람들이 심히 수상쩍다는 눈초리로 힐끔거리니까, 스스로도 무슨 나쁜 짓을 하고 있는 듯한 기분에 빠지고 만다.

동네 사람 대부분은 아무래도 나를 학생으로 생각하는 모양이다. 얼마 전 산책을 하고 있으려니 어느 집 아주머니가 "청년,

하숙집 구하려고?"라며 말을 거는가 하면, 택시 기사가 "공부 힘들지?" 하고 묻기도 하고, 레코드 대여점에서는 "학생증 좀 보여주세요"라는 소릴 들었다.

아무리 일 년 내내 청바지에 운동화 차림으로 지낸다 해도 벌써 서른셋인데 학생으로 보는 건 좀 너무하다 싶지만, 대낮부터 거리를 얼쩡거리는 인간은 다 학생으로 여겨지는 게 보통인 모양이다.

도심에서는 절대로 그런 일이 없었다. 낮 시간에 아오야마 거리를 거닐다보면 나 같은 인간들과 곧잘 마주치곤 했다. 일러스트레이터 안자이 미즈마루 씨와는 유난히도 자주 맞닥뜨렸다.

"안자이 씨, 여기서 뭐하세요?"

"아, 뭐, 딱히, 그냥 잠깐 좀……"

이런 식이다. 안자이라는 사람은 정말로 한가한 건지, 아니면 사실은 바쁘기 짝이 없는데도 내색을 안 하는 건지, 그 경계를 전혀 알 수 없는 사람이다.

좌우지간 도심에는 정체를 알 수 없는 사람이 많고, 그런 이들이 벌건 대낮부터 길거리를 어슬렁거린다. 바람직한 일인지 아닌지는 잘 모르겠지만 마음은 편하다. 점심식사 때 메밀국숫집에 앉아 맥주를 청해도 누구 하나 의아하게 힐끔대지 않으니 그것만으로도 고마운 일이다. 메밀국숫집에서 마시는 맥주란 그야말로 일품이니까.

삼십 년에 한 번

나는 야쿠르트 스왈로스의 팬이라서 곧잘 진구 구장에 간다. 진구 구장은 제법 훌륭한 야구장이다. 고라쿠엔과 달리 사방에 녹음이 우거져 있어, 바쁘게 돌아가는 일상에서 뚝 떨어진 느낌으로 느긋하게 야구 구경을 즐길 수 있다.

아직 익숙해지지 않은 탓인지 모르겠으나 고라쿠엔 구장은 어쩐지 안정감이 없다. 야쿠르트가 우승하던 해 대학 야구 경기가 진구 구장에서 거행되는 바람에, 일본 시리즈는 별도리 없이 고라쿠엔에서 경기를 가졌다.

진구에서 경기를 못한 것은 두고두고 유감스럽지만, 뒤집어 말하면 온통 "교진* 꼴좋다" 하는 분위기라 재미는 있었다. 고라쿠엔의 1루석에 앉아본 것은 이전과 이후를 막론하고 그때 딱

한 번뿐이다.

　야쿠르트 팬으로 감히 한마디하자면, 1978년 시즌만큼 기분 좋았던 시즌도 없었다.

　나는 그해 진구 구장에서 걸어서 오 분 정도 걸리는 곳에 살았기 때문에 매일같이 야구를 보러 다녔다. 해가 저물어 일제히 조명등이 켜지고 둥둥 북소리가 들려오면 더는 참을 수 없다. 일 따위 다 내동댕이쳐버리고 진구로 출근이다.

　또한 그해 야쿠르트는 정말이지 속 시원한 시합을 보여줬다. 후나다 선수가 교진전에서 날린 끝내기 홈런, 힐튼이 1루에 헤

---

　* 巨人, 요미우리 자이언츠.

드 슬라이딩했던 장면, 우승 결정전에서 마쓰오카가 보여준 신들린 듯한 투구, 고라쿠엔의 외야석 계단 제일 위로 날아간 마누엘의 홈런 같은 장면들은 지금도 하나하나 기억나는데, 그때마다 뭉클한 감동이 되살아난다.

삼십 년에 한 번밖에 우승하지 않는 팀을 응원하노라면, 딱 한 번의 우승으로도 오징어를 질겅거리듯 십 년 정도는 즐길 수 있다.

참으로 고마운 일입니다.

올해 야쿠르트 팀은 슬럼프라 도저히 구제불능이지만, 뭐 하는 수 없다. 내 소원은 내가 살아 있는 동안에 ─ 가능하면 서기 2000년 전에 ─ 다시 한번 야쿠르트가 우승하는 것, 그것뿐입니다.

이혼에 대하여

요즘 어찌된 일인지 이혼한 사람들을 잇따라 만난다.

이런 상황에선 처신하기가 상당히 곤란하다. 아무래도 오랜만에 만나는 사람과는 얘깃거리가 별로 없으니까 "하는 일은 좀 어때?"라든가 "지금은 어디 살아?"라는 둥의 말로 시작해서, 대개 "부인은 안녕하신가?" 하는 데까지 얘기가 진전되고 만다.

뭐 딱히 그 사람 부인의 근황을 알고 싶어서 묻는 게 아니라 — 다른 사람의 마누라가 어떻게 살든 무슨 상관이람 — 그저 세상 사는 이야기랄까, 계절에 따른 인사 정도의 것이다. 그러니까 묻는 쪽은 "아아, 뭐 여전하지" 하는 대답을 기대한다.

그럴 때 "실은 말이야, 이혼을 해서" 같은 소리를 하면, 말하는 쪽도 난처하지만 듣는 쪽도 황당하다.

나는 이혼에 대해 안 좋은 감정은 털끝만큼도 없지만, 이혼이란 말이 황당한 이유는 그 얘기를 듣고 무슨 말을 어떻게 하면 좋을지 전혀 알 수 없다는 것이다.

결혼이나 출산이라면 사정이 어찌됐든 "거참 잘됐군"으로 때울 수 있고, 장례식이라면 "고생 많았겠군"으로 대충 얼버무릴 수 있다.

그러나 이혼에 관한 한은 그런 편리한 말이 없다. 헤어지길 잘한 건지도 모르겠지만, 그런 일은 당사자가 아닌 다음에야 알 수 없는 노릇이다. "시원하겠다"는 것도 어쩐지 무책임하고, "야, 부럽군" 하는 것도 경박스럽다. 그렇다고 심각한 얼굴로 "그것 참 안됐군……" 하는 것도 분위기가 음울해지니까 안 된다.

할 수 없이 "아, 그래? 음……" 하는 반응이 나와버린다. 상대는 상대대로 "그게 그렇게 됐어. 음……" 하는 식이다. 그런 일이 요즘 서너 번이나 이어진 터라 그만 지칠 대로 지쳐버렸다.

이렇게나 저자에 이혼이 횡행하고 있으니 『관혼상제 예절』 같은 책에 이혼이란 항목이 더해져도 좋지 않을까.

여름에 대하여

나는 여름을 굉장히 좋아한다. 햇볕이 쨍쨍 내리쬐는 여름날 오후, 짧은 바지 하나만 입고 로큰롤을 들으며 맥주라도 마시고 있으면 행복하다는 기분이 절로 든다.

겨우 석 달 남짓에 여름이 끝나버린다는 건 실로 애석한 일이다. 가능하다면 반년 정도는 이어졌으면 좋겠다.

며칠 전 어슐러 K. 르귄의 『유배 행성』이라는 SF소설을 읽었다. 이 소설은 지구에서 까마득히 먼 곳에 있는 행성에 대한 이야기인데, 그 행성의 일 년은 지구 시간으로 육십여 년에 해당한다. 즉 봄이 십오 년, 여름이 십오 년, 가을이 십오 년, 겨울이 십오 년인 것이다. 굉장한 일이다.

그래서 그 별에는 '봄을 두 번 맞을 수 있는 사람은 행운이다'

라는 속담이 있다. 요컨대 장수해서 참으로 좋다는 뜻이다.

그러나 장수해서 겨울을 두 번 겪게 되면, 그건 말 그대로 고통이다. 왜냐하면 그 별의 겨울은 끔찍하게 춥고 암울하기 때문이다.

만약 내가 그 별에 태어난다면 역시 여름이 시작될 무렵이 좋겠다. 소년기는 뜨거운 태양 아래 천방지축으로 뛰어다니며 보내고, 사춘기와 청년기는 가을에 차분하게 보내고, 중장년기는 혹독한 추위와 함께 보내고, 다시 새봄이 오면 노인이 되는 패턴이다.

운좋게 장수해서 다시 한번 여름을 맞이한다면 두말할 나위가 없다. "아, 어디선가 비치 보이스 노래가 들리는데" 하며 죽어

갈 수 있다면 좋겠다.

시내트라의 오래된 노래 중에 〈September Song〉이라는 게 있다.

'5월에서 9월까지는 지루하도록 길지만, 9월이 지나고 나면 해가 짧아지고, 풍경도 가을다워지고, 나뭇잎들은 붉게 물든다. 이제 남은 시간이 많지 않다'라는 내용의 노래다.

이런 노래를 듣고 있으면—아주 좋은 노래이긴 하지만—마음이 어두워진다. 아무래도 죽는 계절은 여름이 좋겠다는 희망을 갖고 나이를 먹고 싶다.

지쿠라에 대하여

　나는 고베에서 자랐기 때문에 쇠고기와 바다를 무척 좋아한다. 바다가 보이는 레스토랑에서 스테이크를 먹거나 하면 정말이지 행복하다. 도쿄에는 바다가 없고(있긴 하지만 그건 바다 축에 끼지도 못한다) 쇠고기도 비싸다. 유감천만이다.

　이따금 바다가 그리워지면 쇼난이나 요코하마에 가는데, 뭔가 마음에 차지 않는다. '일부러 바다를 보러 예까지 왔습니다' 하는 느낌이 앞서기 때문이다. 바다 쪽도 '여, 이것참 잘 오셨습니다'라는 듯한 느낌이다.

　바다란 역시 가까이서 밤낮으로 그 냄새를 맡으며 살지 않으면 정수를 알 수 없는 게 아닐까? 쇼난이나 요코하마의 바다는 지나치게 세련돼서 그런 '생활감각으로 보는 바다'가 타지에서

온 방문객에게는 전해지지 않는다.

최근 나는 미나미보소 일대 해안이 마음에 든다. 특히 지쿠라가 좋다. 풍경이라 할 만한 것은 없지만, 여름 휴가철을 제외하면 평상시에는 사람 그림자 하나 얼씬거리지 않고, 무엇보다 바다 자체에 리얼리티가 있다.

철썩하고 파도가 밀려왔다가 쏴아 하고 밀려나간다. 조개껍데기며 다시마가 파도치는 해변 여기저기 흩어져 있다. 해안을 어슬렁거리는 개도 쇼난에 비해 왠지 더 다부진 느낌이다. 그런 곳에 벌렁 누워 하늘을 바라보고 있노라면 '진짜 바다구나' 싶은 생각이 마음속 깊은 곳에서부터 불끈불끈 솟아오른다.

지쿠라라는 동네는 실은 안자이 미즈마루 씨의 고향이다. "지쿠라에 가서 안자이랑 아는 사이라고 하면 누구든 돈을 빌려줄 거예요"라고 미즈마루 씨는 말한다. 틀림없이 거짓말이라고 생각하지만, 혹…… 정말 그런가 싶을 정도로 자그마하고 조용한 동네다.

지쿠라에서 가장 근사한 건물은 해변에 있는 K출판사 소유의 집이다. 나는 딱 한 번 "원고를 쓰려고요"라고 거짓말하곤 거기에 묵은 적이 있다.

그 일이야 어찌됐든, 상당히 좋은 곳입니다.

페리보트

지난번에 지쿠라 얘기를 썼는데, 그 뒷얘기.

아침나절 지쿠라에서 시라하마까지 걷는다. 제법 거리가 있지만 천천히 걸으면 꽤 즐거운 산책이다. 세련된 찻집이나 레스토랑 같은 것은 하나도 없다. 끝없이 바다가 이어질 뿐이다.

점심때쯤 시라하마에 도착해 초밥집에 들어간다. 해안이니까 당연히 초밥이 맛있으리라 생각하겠죠? 하나 그다지 맛있지 않으니 이상한 일이다.

한번은 시라하마 해안에서 상어를 낚은 사람을 보았다. 1미터가 조금 넘는 번듯한 상어였다. 나는 그걸 보고 상당히 놀랐는데 정작 낚은 사람은 별로 그렇지도 않은 듯, 신나서 콧노래를 흥얼거리며 대가리를 싹둑 잘라버리고, 내장을 줄줄 끄집어내고는

시라하마 풍경

살점을 발라내 아이스박스 안에다 던져넣었다.

태평양이란 바다는 정말 굉장하다. 마치 야코페티의 세계 같다.

시라하마에서 다테야마까지는 버스를 탄다. 움직일 마음이 있는 건지 없는 건지 잘 분간이 안 되는 버스지만(지바현의 교통망은 대개 이렇다), 여하튼 다테야마까지는 데려다준다.

다테야마에서 하마카나야까지는 국철을 이용한다. 그리고 하마카나야에서 페리보트를 탄다. 이 페리가 또 무지하게 멋지다. 그리 크지도 작지도 않고, 가격도 싸다.

매점에서 하이네켄 맥주를 세 캔 사서 갑판에서 마시는 동안, 배는 도쿄만을 가로질러 미우라반도의 구리하마에 닿는다. 한 시간 정도밖에 걸리지 않는다.

지바에서 가나가와로 단번에 간다는 것은 참 기묘한 일이다. '이렇게 희한할 데가 있나' 하고 늘 생각한다.

지바에서 가나가와로 이동하려면 역시 긴시초 → 도쿄 → 시나가와 → 가와사키라는 일련의 의식을 거쳐야 할 것 같기 때문이다. 그런 것들을 전부 건너뛰니 마치 목 바로 아래가 배꼽인 듯한 느낌이다.

이런 게 문화충격인 거로군, 그렇게 생각하면서 요코하마로 나가 또 맥주를 마신다.

문장을 쓰는 법

장차 글을 써서 먹고살고 싶어하는 젊은이들로부터 종종 "문장 공부를 어떻게 하는 게 좋습니까?"라는 질문을 받는다. 나 같은 사람에게 물어본들 별 뾰족한 수는 없을 테지만, 뭐 좌우지간 그런 일이 있다.

문장을 쓰는 비결은 바로 문장을 쓰지 않는 것이다 ― 이렇게 말해봐야 무슨 말인지 이해하기 어렵겠지만, 요컨대 '지나치게 쓰지 말라'는 뜻이다.

문장이란 것은 '자, 이제 쓰자'고 해서 마음대로 써지는 게 아니다. 우선 '무엇을 쓸 것인가' 하는 내용이 필요하고, '어떤 식으로 쓸 것인가' 하는 스타일이 필요하다.

그런데 젊은 시절부터 자신에게 어울리는 내용이나 스타일을

찾을 수 있는가 하면, 그건 천재가 아닌 한 힘든 일이다. 그래서 어딘가에 이미 있는 내용이나 스타일을 빌려 와 적당히 헤쳐나 가게 된다.

이미 있는 것은 다른 사람들도 받아들이기 쉬운 법이라, 재주 가 있는 사람 같으면 주위에서 "와, 제법인데"라는 둥의 소리를 심심찮게 듣게 된다. 당사자도 그런 기분에 젖는다. 그러나 거기 서 좀더 칭찬을 들으려다가 영 그르친 사람을 난 몇 명이나 보 았다. 분명 문장이란 많이 쓰면 능숙해지기는 한다. 그러나 스스 로에게 분명한 방향감각이 없는 한, 그 능숙함의 대부분은 그냥 '재주'로 끝나고 만다.

그럼 그런 방향감각은 어떻게 하면 체득할 수 있을까? 요는 문장 운운은 나중 일이고, 어찌됐든 살아가는 수밖에 없다.

어떻게 쓸 것인가 하는 것은 어떻게 살 것인가 하는 문제와 거의 비슷하다. 어떻게 여자를 꼬드길 것인가, 어떻게 싸움을 할 것인가, 초밥집에 가서 무엇을 먹을 것인가, 그런 것들 말입니다.

한차례 그런 일들을 겪어보고 '쳇, 뭐야, 이 정도면 굳이 글 같은 걸 쓸 필요도 없잖아'라고 생각할 수 있으면 그게 최고의 행복이고, '그래도 아직 쓰고 싶다'라는 생각이 들면 — 잘 쓰고 못 쓰고는 제쳐놓고 — 그때는 이미 자기 자신만의 독특한 문장을 쓸 수 있게 된 상태다.

앞날의 일에 대하여

당연한 일이지만, 앞날에 무슨 일이 생길지 따위는 알 수 없다. 절대로 모른다. 알 턱이 없다.

내가 어렸을 때 일인데, 라디오를 듣고 있으려니 "저는 엘비스 프레슬리와 록 음악을 정말 싫어합니다. 그런 것들은 얼른 없어져버리면 좋겠습니다"라는 사연을 디제이가 읽어주었다.

당시는 1950년대 후반, 엘비스의 최고 전성기였다. 그 사연에 대해 디제이는 "그렇군요, 이렇게 시끄러운 음악은 그다지 오래가지 않겠지요"라고 말했다.

나는 아직 어린애였기 때문에 '그런가, 로큰롤은 이제 끝인가' 하고 순진하게 믿었다. 하지만 엘비스의 음악은 살아남았고, 롤링 스톤스는 한층 더 시끄러운 음악을 연주해서 몇천만 달러

를 벌어들였다.

그리고 이것도 비슷한 시기의 일인데, 한 잡지에 '미래에는 전자두뇌가 일반적으로 보급될까요?'라는 질문이 실려 있었다. 대답은 NO였다. 왜냐하면 '인간의 두뇌에 필적할 만한 전자두뇌를 만들면 빌딩만한 크기가 될 것이고(옛날 소리), 그런 물건이 일반에까지 보급될 턱이 없기 때문'이다.

그 당시에도 나는 순진했기에 머릿속으로 빌딩 한 채 크기의 전자두뇌를 상상하고는 '이거야 불가능하겠는데' 하고 생각했다. 하지만 지금은 서류가방에 노트북컴퓨터를 넣어다니는 시대다.

그와 엇비슷한 일이 지금껏 헤아릴 수 없이 많았다. 나는 비교적 꼼꼼한 성격이라서 그런 것들을 하나하나 아주 선명하게 기억하고 있다. 그래서 지금은 웬만한 이야기는 거의 믿지 않는다.

제일 위험한 게 전문가들의 얘기, 그다음으로 위험한 것은 그럴싸한 캐치프레이즈다. 그 둘은 절대로 신용하지 않는 게 좋다. 나도 그런 것들에 꽤나 속으면서 살아왔으니까.

소설에 대해서도 마찬가지. 새로운 소설이란 무엇인가 따위의 생각을 하기 전에 먼저 좋은 소설을 쓸 것. 그것이 전부다.

택시 기사

얼마 전 일인데, 아오야마에서 택시를 탔더니 차에 달린 조그만 스피커(카스테레오는 아니었다)에서 어느 나라 것인지 모를 민속음악이 흘러나오고 있었다. 몹시 기괴한 느낌이 들었다.

운전사는 삼십대 중반, 나랑 비슷하거나 조금 많은 정도였다.

"이거 어느 나라 음악입니까?" 내가 물었더니 "알아맞혀보세요" 하는 대답이 돌아왔다.

알아맞히면 요금을 공짜로 해주겠다는 것도 아니었지만 꽤 재미있을 성싶어 "아프가니스탄?" 하고 어림짐작으로 말해보았다. 그런데 "아깝네요, 이란입니다. 바로 이웃 나라지만요"라는 것이다.

아깝다니, 내가 이란과 아프가니스탄의 음악적 차이를 알 턱

이 없잖은가.

차츰 얘기를 나눠보니 그는 민속음악 팬인 듯, 대개 이렇게 여러 나라의 음악을 들으며 택시를 운전한다고 한다.

"이런 것 말고 어디 들을 만한 음악이 있어야죠. 재즈니 록이니 하는 것들도 전부 상업주의에 물들어가지고, 도대체 생명감이란 걸 느낄 수 없으니 말이에요."

꽤나 신랄하다.

"그렇지만 어제 탄 손님 같은 경우는 수단의 어디어디 지방음악이라고 딱 알아맞히더라고요. 저도 놀랐습니다."

나라도 놀랄 것이다.

세상에는 참 대단한 사람들이 많다.

일본 음악 중에서는 오키나와 음악과 불경밖에 틀지 않는다고 한다.

"그런데 불경 같은 걸 틀어놓으면 싫어하는 사람 없나요?"

"물론 있고말고요. 대략 절반 정도는 내리죠. 특히 접대중인 회사원은 100퍼센트 내립니다."

이런 얘기를 듣고 있으면 도쿄도 상당히 와일드해졌다 싶다. 한 걸음만 더 나아가면 '택시 기사'들의 세계다.

보수에 대하여

　나는 이십대 초반부터 팔 년 정도 재즈 카페를 운영했는데, 그 사이 제법 많은 아르바이트생을 썼다. 대개 학생들이기 때문에 가게를 시작할 무렵에는 나랑 거의 나이차가 안 나다가, 그만둘 무렵에는 열두어 살쯤 차이가 생기게 되었다. 우리 가게는 아르바이트생의 정착률이 꽤 높은 편이었기 때문에 한 사람 한 사람을 비교적 잘 기억하고 있다. 아무튼 다양한 사람들이 있었다.

　내 경험으로 봤을 때 절대로 고용해서는 안 되는 타입이 몇 있다. "급료는 안 주셔도 좋으니까 일하게만 해주십시오" 하는 타입도 그중 하나다. 그런 사람이 있을 리가 없지 않느냐고 생각하시겠죠? 하지만 실제로 있답니다, 그런 사람이. 이를테면 "나중에 가게를 하고 싶어서 그러니 그냥 일만 하게 해주세요"라든

어이쿠, 이런

가, "꼭 여기에서 아르바이트를 하고 싶어요"라는 둥의 이유를
대는 사람이 매년 한 명 정도는 꼭 있다. 그렇다고 공짜로 부려
먹을 수는 없으니까 다른 사람들과 똑같이 급료를 지불한다.

그런데 이런 사람들이 제대로 일을 잘하는가 하면 대개는 반
대다. 게으름을 피우고, 불평을 늘어놓고, 제멋대로 빠지는가 하
면, 지각도 밥 먹듯이 하고, 끝내는 '급료가 낮다'는 둥의 얼토당
토않은 소리를 한다. 해도 너무한다 싶지만 '급료는 안 줘도 좋
다'는 비현실적인 소리를 당당하게 읊어대는 사람을 고용한 것
은 내 실수이기도 하다.

비슷한 경우로 나는 원고료를 못 받는 원고는 절대 쓰지 않는
다. 몹시 건방지게 들릴지도 모르겠으나 프로로서는 당연한 일

이다. 설령 아무리 적은 금액이어도 개런티만은 철저하게 현금으로 받는다. 자선 파티는 싫다. 나도 마감일을 엄수하니까, 상대방도 빈틈없이 대해주면 좋겠다고 생각한다.

그러나 이런 식으로 일하다보면 '그 사람은 돈에 까다롭다'는 얘기를 듣기도 한다. 하나 그런 동인지同人誌적 사고, 즉 있으면 있는 대로 없으면 없는 대로 계산하자는 경향이 일본 문단을 얼마나 황폐하게 만들었는지 곰곰이 생각해보는 게 좋을 것이다. 문학이든 재즈 카페든 근본은 마찬가지다.

청결한 생활

나이를 먹으면 이발소와 목욕탕이 좋아진다고 한다. 나 역시 그렇다. 아직 '좋아하는' 단계까지는 아니지만, 적어도 고통스럽지는 않다.

옛날에는 그렇지 않았다. 이발소든 목욕탕이든 말만 들어도 안색이 창백해질 만큼 싫었다. 이발소 의자에 한 시간 가까이 앉아 남이 머리를 이리저리 만지작거리게 두는 것도 질색이고, 욕조에 느긋하게 몸을 담그고 있는 것도 짜증스러워했다.

타고난 성격이 급한 탓도 있지만, 역시 에너지가 흘러넘쳐 오랜 시간 옴짝달싹 못하는 상황을 견뎌낼 수 없었던 것이리라.

그래도 고등학생이 되어 여자친구를 사귄 후로는 웬만큼은 청결해야겠다는 생각이 들어 꾹 참고 성실하게 목욕을 하고 이

발소에도 드나들게 되었다. 매우 바람직한 일이다.

한데 대학교에 진학해 도쿄로 올라오자 단박에 원래의 더러운 생활로 되돌아가고 말았다. 왜냐하면 내가 대학을 다닌 시기가 학생운동, 히피 무브먼트의 절정기와 꼭 맞물려 있었기 때문이다.

무엇보다 그 시절에는 더러움이 스테이터스 심벌이나 마찬가지였던지라, 너나없이 이발소에도 가지 않고, 수염도 깎지 않고, 목욕도 게을리하고, 옷도 갈아입지 않는 등 엉망진창이었다. 한달이나 머리를 감지 않은 사나이들이 수두룩했다.

아무튼 그런 식으로 몇 년을 보내고 결혼을 하자 또다시 청결한 나날이 찾아왔다. 머리를 짧게 자르고, 수염을 깎고, 양복도 몇 벌 샀다. 처음 한동안은 의무적으로, 그다음은 습관적으로, 요즘 들어서는 혼자 알아서 목욕을 하고 이발도 하게 되었다. 머리는 매일 감고 오드콜로뉴까지 뿌린다. 스스로도 기특하다고 생각한다.

한 달에 두 번, 편도에만 두 시간을 투자해 센다가야에 있는 이발소에 간다. 와이셔츠도 내 손으로 다림질한다. 주위에서는 '그럭저럭 청결한 사람'으로 통한다. 옛날의 내 모습은 아무도 모른다. 인생이란 참 묘한 것이다.

야쿠자에 대하여

　고등학교 시절 여행을 하다가 야간열차에서 야쿠자 아저씨와 동석한 적이 있다. 얼핏 보기에도 머리끝에서 발끝까지 전형적인 야쿠자 타입으로, 그 옆에는 역시 머리끝에서 발끝까지 전형적인 야쿠자의 정부 타입인 여자가 달라붙어 있고, 나는 그 맞은편 자리에 앉아 있었다. 딱히 좋아서 그 자리를 고른 게 아니라 상대방이 제멋대로 내 쪽으로 와서 앉은 것이다. 나는 소심한 소년이었던 터라 어디 다른 데로 옮기고 싶었지만, 어설프게 자리를 옮겼다가 시비라도 걸어오면 속수무책이니까―야쿠자는 그런 일에 굉장히 민감하다―그냥 참고 내내 그 자리에 앉아 있었다.

　이럭저럭하는 사이에 밤이 깊어졌는데, 창문을 열어놓은 채

달리는 구식 열차라 아무래도 모기가 열차 안으로 들어왔다. 야쿠자 아저씨는 처음에는 손바닥으로 찰싹찰싹 모기를 잡더니 도무지 안 되겠다는 표정을 지었다. 그래서 어떻게 했느냐 하면, 잠들어 있던 정부를 흔들어 깨워서는 둘이서 줄창 담배를 피우기 시작한 것이다. 모기향 대신인 모양이다. 효과가 있는지 어쩐지는 잘 모르겠지만 묘안이기는 하다. 야쿠자라는 사람들은 별의별 생각을 다 하는구나 싶어 감탄하며 보고 있었더니, 곧이어 나를 향해 "이봐, 학생. 자네도 사양 말고 피우라고" 하며 롱 피스 한 갑을 건네주었다. 사양 말고 피우라니, 나는 아직 열여섯 살에 담배 같은 건 피워본 적도 없는 애송이다. 하지만 아무리 봐도 거절할 분위기가 아니다. 정부 쪽도 심각한 표정으로 연거

푸 담배를 피우고 있다.

결국 나도 밤새 담배를 피워대야 하는 신세가 되었다. 덕분에 머리는 지끈거리고 잠은 오지 않고 엉망이었다. 정말 야쿠자는 대하기 어렵다.

관계없는 이야기지만, 얼마 전 풀장에 수영을 하러 갔더니 문신이 새겨진 어깨에다 보트하우스 트레이너를 걸치고 서프 바지를 입은 야쿠자가 있었다. 이런 인간도 곤란하다. 유무라 데루히코와 가타오카 요시오와 휴먼 리그를 좋아한다는 둥 떠드는 야쿠자도 좀 곤란하다. 이렇다 할 이유는 없지만, 역시 곤란하다.

또다시 진구 구장에 대하여

세상에서 가장 서글픈 일은 무엇일까? 그것은 10월 초순 부슬부슬 가을비가 내리는 밤에 문예지 편집자와 단둘이 진구 구장에 가서, 감씨 과자를 우물우물 먹고 간혹 일 얘기를 하면서 야쿠르트 대 주니치의 일정 때우기 경기를 관전하는 일이다.

나는 딱 한 번 그래본 적이 있는데, 그만큼이나 서글픈 일도 없다.

그런 날씨에 일부러 야구장을 찾아오는 사람치고 멀쩡한 인간은 별로 없다. 내 근처에 있던 아저씨는 경기 시작부터 끝까지 주니치의 외야수를 조롱하며 놀았다.

"야, 너, 이봐, 센터, ×××(이름), 멍청이, 이쪽을 보라고, 야" 하는 식이다. 그렇게 몇 시간이고 계속 떠들어대니 그냥 옆에서

듣는 것도 기분이 나쁜데 지목당하는 당사자는 한층 기분이 나
빴을 것이다. 게다가 경기까지 완전히 일방적이라 플레이에 집
중할 수도 없다.

　처음에는 "바보 자식" 하고 무시하며 들리지 않는 척하더니,
얘기가 "야, 너, 니네 엄마 지금 뭐 하는 줄 아냐? 지금쯤 ×××
중이라고……" 따위의 내용으로까지 진전되자 정말이지 화가
치민 듯, 갑자기 뒤를 돌아보더니 "뭐라고? 너 이 자식" 하는 분
위기가 되어버렸다. 센터플라이가 날아오지 않았기에 망정이지
만 엄연히 경기중이다. 끔찍한 일이다.

　그사이 우리는 홀짝홀짝 맥주를 마시고 아작아작 감씨 과자
를 씹으면서, 소설 교정쇄에 관한 협의 비슷한 걸 했다. "음, 그

러니까, 3쪽 밑에서 열여섯째 줄에 있는, 세번째 흰 돼지가 눈길을 타박타박 걷고 있었다, 이 부분 말인데요……" 하며 말이다. 딱히 야구장까지 와서 그럴 필요도 없었으련만, 야구장에서 하면 어째 재미있지 않을까 싶은 기분이 들었던 것이다. 달리 깊은 뜻은 없었다.

아무튼 그 아저씨는 최후의 한순간까지 주니치 외야수를 비아냥거리다 돌아갔다. 대체 그런 사람들은 낮에는 무슨 일을 하며 지낼까?

이사 그라피티 (1)

인간이란 크게 두 가지 타입으로 나뉜다. 즉 이사를 좋아하는 타입과 싫어하는 타입이다.

그렇다고 꼭 전자가 활동적이고 진취적인 성격에 좀 덜렁거리는 타입이며 후자는 그 반대라는 뜻은 아니고, 그저 이사를 좋아하느냐 싫어하느냐 하는 아주 단순한 차원의 얘기다.

얘기가 좀 빗나가지만, 단순한 차원의 얘기를 새삼 심각하게 받아들이는 것은 좋지 않다고 생각한다. 가령 장미를 좋아하는 사람은 정열적이라거나, 개를 좋아하는 사람은 성격이 밝다거나, 그런 사고방식은 바람직하지 않다. 그냥 장미를 좋아하고 개를 좋아하는 것일 뿐이다. 참 나, 안 그런가요. 히틀러는 개를 좋아했지만, 개를 좋아하는 사람들이 모두 히틀러적인 요소를 지

니고 있다고는 할 수 없죠.

　나는 이사를 무척 좋아한다. 짐을 꾸려서 이 동네에서 저 동네로, 이 집에서 저 집으로 옮겨다니노라면 정말이지 행복한 기분이 든다. 그렇다고 내가 활동적인 인간인가 하면 천만의 말씀이다. 오히려 반대로, 생활습관을 바꾸거나 세상일에 대한 가치판단을 변경하는 것을 극단적으로 싫어하는 편이다. 마작할 때 자리를 바꾸거나 이곳저곳 옮겨다니며 술을 마시는 것도 싫어한다. 양복만 해도 십오 년 전 것을 거의 그대로 입고 있다. 하지만이사만은 좋아한다.

　이사의 미덕은 모든 것을 '제로화'할 수 있다는 점이다. 동네사람들과의 교제, 인간관계, 그 밖의 여러 가지 일상생활의 잡다

한 일들, 그런 모든 것이 한순간에 말끔히 소멸해버린다. 이때 맛보는 쾌감은 한번 익히고 나면 평생 잊을 수 없다. 내 친구 중 마작을 하다가 자기가 내놓은 패 덕분에 상대방이 점수를 따면 "에이, 다 집어치워!" 하면서 탁자를 걷어차버리는 작자가 있는데, 기분상으로는 그런 행위와 비슷하다. 야반도주야말로 이사의 기본 원형이다.

나는 지금껏 꽤 여러 차례 이사를 하며 수많은 동네에 살았고, 다양한 사람들을 사귀었다. 그리고 그럴 때마다 모든 것을 '제로화'해버리고 지금에 이르렀다.

이사 그라피티 (2)

이 잡지는 간토 지방에서만 파니까(그렇겠지, 잘 모르겠다), 간사이 지방을 지리적으로 설명하기가 어렵다. 한가한 사람은 지도를 보세요.

우리집은 내가 철이 든 뒤로 고등학교를 졸업할 때까지 두 번밖에 이사를 하지 않았다. 불만스럽다. 훨씬 더 자주 이사하고 싶었다.

게다가 두 번 이사한 것도 직선거리로 1킬로미터 사이를 왔다갔다 한 게 다다. 그런 건 이사라고 할 수 없다. 효고현 니시노미야시의 슈쿠가와 서쪽에서 동쪽으로, 그다음에는 아시야시 아시야가와의 동쪽으로 옮겼을 뿐이다.

도쿄로 말하자면 신주쿠의 미쓰코시 백화점에서 마이 시티로

옮겼다가, 다시 신주쿠교엔으로 옮긴 정도의 거리다. 그런고로 전학이란 걸 해본 적이 없다.

나는 옛날부터 전학생을 몹시 동경했다. 초등학교 때는 반 친구가 전학을 가게 되면 곧잘 '이별 문집' 같은 것을 만들어 건네주곤 했다. '에미코, 멀리 가더라도 꼭 편지해줘'라든지, '모래밭에서 넘어뜨려서 미안해'라는 글을 담아서. 그 아이가 떠나고 나면 한동안 그 자리만 동그마니 비어 있었다. 그런 걸 이상하게 병적으로 좋아했다.

새로 오는 전학생도 무척 좋았다. 귀여운 여자아이가 조금 긴장해서 새침을 부리고 있거나, 새 교과서가 없어서 옆에 앉은 아이랑 함께 보는 걸 바라보면서, '이거야, 바로 이거' 하며 흥분했던 것이다.

그러나 그런 강렬한 희망에도 불구하고 나는 끝내 한 번도 전학을 하지 못했다. 그리고 열여덟 살이 지나자 그 충족되지 못한 소년 시절의 욕구불만이 '이사병'이라는 숙명적인 형태를 띠고 내게 엄습해온 것이다. 자세한 내용은 다음 회에 계속.

(＊〈일간 아르바이트 뉴스〉는 간토 지방 외에 간사이, 홋카이도, 주부, 규슈 지역에서도 팝니다.)

이사 그라피티 (3)

　1968년에 대학교에 들어가 처음에는 메지로에 있는 학생 기숙사에서 살았다. 이 기숙사는 지금도 진잔소椿山莊 옆에 남아 있으니까, 혹여 메지로 거리를 지나다 생각나면 한번 찾아보세요.

　나는 반년 동안 그곳에 살다가 그해 가을 품행 불량으로 내쫓기고 말았다. 운영자가 이름난 우익인데다 기숙사 사감은 육군 나카노 학교 출신의 으스스한 아저씨였으니 나 같은 학생을 내쫓지 않는 것이 오히려 이상하다. 때는 바야흐로 학생운동의 전성기였고 나는 혈기왕성한 나이였기에 화가 치미는 일이 산더미처럼 많았다. 우익 학생이 점검을 하러 온다기에 머리맡에 식칼을 두고 잔 적도 있다.

　하지만 혼자 살아본 건 그때가 태어나서 처음이라 나날의 생

활은 꽤 즐거웠다. 밤이 되면 대개 메지로 언덕길을 내려가 와세다 일대에서 마셔댄다. 그리고 마셨다 하면 반드시 곤드레만드레가 된다. 그 무렵에는 곤죽이 되지 않을 만큼 조절해서 마시는 법을 아직 몰랐다.

술에 취해 나가떨어지면 누군가가 들것을 만들어 기숙사까지 운반해주었다. 들것을 만들기에 실로 편리한 시대였다. 여기저기 아무데고 플래카드가 넘쳐났기 때문이다. '일제 분쇄'라든가 '원자력잠수함 기항 절대저지'라고 쓰인 플래카드를 적당히 골라와서는, 거기에다 술주정뱅이를 태워 옮기는 것이다. 그것도 상당히 재밌었다.

그런데 한번은 메지로 언덕길에서 플래카드가 찢어지는 바람에 정신이 바짝 들 정도로 돌계단에 머리를 부딪힌 적이 있다. 덕분에 이삼일 정도 머리가 아팠다.

그리고 한밤중에 니혼여자대학의 간판을 훔치러 간 적도 있다. 까짓것 훔쳐봤자 별 신나는 일도 없지만 왠지 갖고 싶어서 떼러 갔다가, 그만 경찰 아저씨한테 들켜 줄행랑을 쳤다.

돌이켜보면 그 시절엔 일주일에 한 번은 경찰 아저씨에게 검문을 당했다. 시절도 어수선했지만 내 인상도 어지간히 나빴던 것이리라. 최근에는 한 번도 검문을 당하지 않았다. 경찰 아저씨에게 검문도 당하지 못할 정도면 인생도 이제 끝장이 아닌가, 하고 문득 생각하곤 한다.

이사 그라피티 (4)

메지로의 기숙사에서 쫓겨난 뒤 네리마에 있는 하숙집으로 옮겼다. 와세다대학 학생과에서 찾아본 것 중 가장 싼 방이었다. '3조짜리 방 4,500엔. 보증금, 사례금 없음.' 이건 정말로 싼 거다. 보증금과 사례금이 없는 곳은 여기 말고는 없을 것이다.

하숙집은 세이부신주쿠선 '도립가정' 역에서 걸어서 한 십오 분 정도 걸리는 곳에 있었다. 주변은 그림에서나 볼 법한 무밭이다. 도쿄에도 이런 곳이 남아 있구나 싶어 정말 경탄스러웠다. 도대체가 '도립가정'이란 역 이름부터 한심하다. 일단 아무 이름이라도 붙이고 보자는 속셈이 빤히 들여다보인다. '도립가정' 이라니, 한 번만 듣고는 도저히 뜻을 알 수 없다.

지금은 어떻게 변했는지 모르겠지만 당시 그곳은 무밭에 드

문드문 집이 섞여 있는 정도의 인상밖에 없는 동네였다.

땅은 검고 질척하고, 겨울에는 몹시 추웠다. 여자친구와 순조롭지 못했던 점도 있고 해서, 네리마에 살던 때는 내게는 좀 어두운 시절이었다.

학교에는 거의 가지 않고, 신주쿠에서 야간 아르바이트를 하는 틈틈이 가부키초에 있는 재즈 카페에 드나들며 음악에 푹 빠져 살았다.

재즈 카페 중에서는 '빌리지 게이트'나 '빌리지 방가드' 같은 어두컴컴한 곳을 좋아했다. 여자애랑 같이 갈 때는 '대그'나 '올드 블라인드 캐츠' 같은 곳이 좋았다. 이런 얘기를 하면 정말이지 아저씨 같지만, 재즈가 짜릿하게 몸으로 파고드는 시절이었다. 그게 좋건 나쁘건 간에.

아마 '연속 살인마 사건'*의 범인 나가야마 노리오도 비슷한 시기에 도립가정 쪽에 살면서 '방가드'에서 아르바이트를 했다는 것 같다.

이럭저럭 벌써 십 년 가까이 세이부신주쿠선을 타지 않았는데, 그 가부키초 → 세이부 선 → 도립가정을 오가던 생활은 지금도 내 몸속에 까끌까끌한 느낌으로 아주 리얼하게 남아 있다. 그곳에는 1968년 가을부터 이듬해 봄까지 살았다.

---

* 1968년 도쿄, 교토, 하코다테, 나고야 등지에서 권총으로 네 명이 연달아 사살당한 사건.

이사 그라피티 (5)

　도립가정의 어두운 3조짜리 방에서 반년을 생활하다가 살아 있다는 게 못 견디게 싫어져서 또 이사를 했다. 1969년 봄의 일이다. 가구와 짐이 거의 없으니까 이사는 실로 간단했다. 이불과 옷가지와 그릇 나부랭이를 자동차 트렁크에 던져넣으면 그것으로 준비 완료다. 인생이란 모름지기 이랬으면 좋겠다.

　이번 터전은 미타카에 있는 다세대주택이었다. 닥지닥지 복잡한 곳은 이제 진절머리가 나서 교외로 옮기기로 한 것이다.

　6조짜리 방 한 칸에 부엌까지 딸린 집이 7,500엔(와, 싸다). 2층 모퉁이에 있는 방인데 사방이 전부 빈 들판이어서 햇빛이 참 잘 들었다. 역까지 먼 것이 흠이라면 흠이었지만, 무엇보다 공기가 깨끗하고, 조금 걸으면 아직 자연 그대로 남아 있는 무사

시노의 잡목림이 있어서 굉장히 행복했다.

기분이 날아갈 듯 좋아 전당포에서 중고 플루트를 사와서 연습하고 있으려니, 가수 가마야쓰 히로시와 비슷하게 생긴 옆방 사는 기타 보이가 "같이 허비 맨 카피해요"라기에 날마다 〈Memphis Underground〉만 열심히 불었다. 그래서 내 기억 속의 미타카는 곧 〈Memphis Underground〉가 되어버렸다.

그 무렵에 관한 또다른 기억이라면 브래지어가 하늘을 날았다는 것 정도. 브래지어가 정말 하늘을 날았단 말인가? 물론 그렇지 않다. 바람에 날려 공중을 떠다녔을 뿐이다.

바람이 아주 세게 부는 밤이었는데, 내가 집 근처 길을 터벅터벅 걷고 있자니 무슨 하얀 물체가 하늘 높이 둥실둥실 날고 있어, '뭐지, 백로 같은 건가' 하고 곰곰 올려다보았더니, 그게 브래지어였단 말씀.

브래지어가 밤하늘을 나는 광경을 목격해본 사람이라면 잘 아실 테지만, 이게 또 몹시도 희한한 광경입니다. '설마 저런 게 어떻게' 하는 의아스러움과, 공기역학적인 움직임의 재미가 하나로 어우러진 정말 멋진 장면이었다.

이사 그라피티 (6)

나는 일기를 거의 쓰지 않는 인간인데, 미타카 시절에는 무슨 이유에선지 짧은 일기를 썼다. 뭐 대단한 내용은 아니고 뭘 먹었다, 무슨 영화를 봤다, 누구를 만났다, 몇 번 했다 하는 정도밖에 쓰여 있지 않지만, 그래도 뒷날 읽어보니 제법 재밌다.

1971년 당시의 일기를 보니 석간신문이 15엔이다. 〈헤이본 펀치〉는 80엔, 쇠고기 200그램 180엔, 하이라이트 80엔, 콜라 40엔. 대충 지금 물가의 절반 정도다.

그해 1월 3일과 5일에는 눈이 내렸다. 1월 3일에는 10센티미터나 쌓였다. 이날은 미타카 다이에 극장에서 야마시타 고사쿠의 〈승천하는 용〉(좋은 영화다)과 아쓰미 마리의 〈좋은 거 드리죠〉(좋은 제목이다)를 동시상영으로 보았다. 5일에는 신주쿠

게이오 명화극장에서 〈내일을 향해 달려라〉와 〈이지 라이더〉를
보았다. 〈이지 라이더〉는 세번째 관람이었다.

1971년이란 해는 학생운동이 일단 전성기를 넘어서고 투쟁
이 음습해지며 폭력적인 내부투쟁으로 치닫기 시작한 매우 복
잡하고 암울한 시기였지만, 이렇게 돌이켜보니 실제로는 매일
여자친구랑 데이트를 하거나 영화를 보면서 제법 뻔뻔스럽게
살았던 모양이다. 그러니 잘난 척하며 '요즘 젊은 남자들은 어쩌
니저쩌니' 하는 얘기는 도저히 할 수 없을 것 같다. 인간이란 딱
히 대의명분이나 불변의 진리나 정신적인 성장을 위해 살아가
는 게 아니고, 이를테면 깜찍한 여자애랑 데이트를 하면서 맛있
는 걸 먹고 즐겁게 살고 싶다고 생각할 뿐이다.

나이를 먹고 나서 돌이켜보면 스스로가 몹시도 치열한 청춘 시절을 보낸 듯한 기분도 들지만, 실제로는 반드시 그런 것만은 아니고, 모두 바보 같은 생각만 하면서 구질구질 살아온 것이다.

오래된 일기를 읽고 있으려니 그런 분위기가 알알이 전해진다.

분쿄구 센고쿠와 고양이 피터

미타카의 다세대주택에서 이 년을 보내고 분쿄구의 센고쿠라는 곳으로 이사했다. 고이시가와 식물원 근처다.

어째서 다시 또 교외에서 도심으로 단숨에 돌아왔는가 하면, 결혼을 했기 때문이다. 나는 스물두 살에다 아직 학생이어서 아내집에 빌붙어 살기로 한 것이다.

처가는 이불 가게를 했는데 거기서 트럭을 빌려 이사를 했다. 이사래봐야 짐이라곤 책과 옷과 고양이 정도밖에 없었다. 피터라는 이름의 그 고양이는 페르시안과 줄무늬고양이의 혼혈로, 개처럼 커다란 수놈이었다.

실은 이불 가게에서 고양이를 기를 수는 없으니 데려오지 말라는 언질을 들었지만, 도저히 두고 올 수가 없어서 결국 데려오

두고 가지 마요

고 말았다.

아내의 아버지는 한동안 투덜투덜 불평을 늘어놓았지만 머잖아 — 나에 대해서와 마찬가지로 — 단념해주었다. 하여튼 무슨 일이든지 쉽사리 단념하는 분이라, 그 점에 대해서는 나도 매우 감사하고 있다.

그러나 고양이 피터는 끝내 도시 생활에 적응하지 못했다. 가장 난처했던 건 주위의 상점에서 쉴새없이 무언가를 날치기해 오는 것이었다.

물론 당사자에게 죄의식은 전혀 없다. 왜냐하면 그는 태어나서 지금까지 미타카의 숲속에서 두더지를 잡고 새를 쫓아다니면서 살아왔기 때문이다. 뭔가 보이면 취한다. 당연한 일이다.

하나 고양이에게는 당연한 일일지라도 내 입장은 엄청 곤란해진다. 그러는 사이 고양이도 점점 가치관의 혼란을 겪게 된 모양인지 만성 신경성 설사증에 걸리고 말았다.

결국 피터를 시골에 있는 친구에게 맡기기로 했다. 그후로는 한 번도 그를 만나지 못했다. 전해들은 얘기로는 집 근처 숲속으로 들어간 뒤로 거의 돌아오지 않는다고 한다. 살아 있다면 열셋이나 열네 살쯤 될 텐데.

분쿄구 센고쿠의 유령

분쿄구 센고쿠 이야기를 계속.

내가 얹혀살았던 처가는 도쿠가와가家의 옛 저택 일부에 있다. 일부라고는 하나 정원 한구석이니 이렇다 할 유서 같은 건 없다.

단지 좀 난처한 것은 ― 난처하달까 뭐랄까 ― 이 집이 실은 옛 지하감옥 위에 서 있다는 점이다. 그러니까 집 밑에 감옥터가 있는 셈이다. 그런고로, 물론 유령이 나온다.

나는 처음에는 그런 줄도 모르고, 어쩐지 음습하고 어둠침침하다는 느낌 정도밖에 받지 못했다. 밤중에 화장실에 갈 때면 묘하게 으스스한 분위기가 감돌곤 했다.

아내는 가끔 유령을 보았다. 유령이라고 해서 사람의 형태는

아니고, 하얀 덩어리 같은 게 한동안 집안을 둥실둥실 날아다니다가 벽으로 빨려들어가는 것이다. 나는 본 적이 없으니까 구체적으로 설명하기 어렵지만, 대충 그런 정황인 듯하다.

아무튼 나는 시종일관 유령이나 UFO 같은 것을 본 적이 없다. 내게는 아무래도 영靈을 감지하는 능력이 거의 완벽하게 결핍되어 있는 모양이다.

딱히 유령 따위 보고 싶지 않으니까 그런 능력이 없어도 아무 상관 없지만, 어쩐지 예술가답지 못하다.

내가 아는 화가 중에 일 년 내내 유령을 본다는 사람이 있는데, 그 사람의 경우는 풍모도 그렇고 화풍도 그렇고 온통 요기가 맴돌아서, 이 사람은 틀림없는 예술가겠다 싶은 느낌이 절로 든다. 나야 유령이 나오는 집에 일 년이나 살면서도 정작 유령은 한 번도 못 본 인간이니까, 그런 인간 앞에 서면 몹시 주눅이 든다.

안자이 미즈마루 씨도 화풍으로 짐작건대 유령 같은 걸 본 적이 없지 않을까. 만약 그렇다면 무척 기쁘겠는데, 어떨까요.

고쿠분지 이야기

언제까지고 끝없이 빌붙어 살 수도 없는 노릇이기에, 처가에서 나와 고쿠분지로 이사를 했다. 왜 하필 고쿠분지였냐면 거기에서 재즈 카페를 시작해보기로 결심했기 때문이다.

처음에는 취직을 해도 괜찮겠다 싶어 연줄이 닿은 텔레비전 방송국 같은 곳을 몇 군데 다녀봤지만, 일의 내용이 기가 찰 정도로 한심스러워 그만둬버렸다. 그런 일을 할 바에야 자그마한 가게라도 좋으니 나 혼자서 제대로 된 일을 하고 싶었다. 내 손으로 재료를 골라 무언가를 만들고, 그것을 손님에게 제공하는 일 말이다. 그러나 결국 내가 할 수 있는 일이란 재즈 카페 정도에 불과했다. 아무튼 재즈가 좋았고, 조금이라도 재즈와 관련된 일을 하고 싶었다.

고쿠분지에 재즈 카페를
열기로 했다

　사업자금은 나와 아내 둘이 아르바이트를 해서 모은 돈 250
만 엔에다가, 나머지 250만 엔을 양쪽 부모님에게 빌려서 조달
했다. 1974년의 일이다. 그 당시의 고쿠분지는 500만 엔쯤 있으
면 그런대로 좋은 자리에 스무 평 정도 되는 제법 분위기 좋은
카페를 차릴 수 있는 곳이었다. 그리고 500만 엔이란 돈은 자본
이 거의 없는 사람이어도 좀 무리하면 긁어모을 수 있는 액수였
다. 요컨대 돈이 없지만 그렇다고 취직하고 싶지 않은 인간도,
아이디어만 있으면 어찌어찌 장사를 시작할 수 있는 시대였던
것이다. 고쿠분지의 내 가게 주변에도 그런 사람들이 운영하는
재미있는 가게가 많았다.
　그런데 지금은 그렇게 간단하지 않다. 고쿠분지나 구니다치

부근조차 땅값이 상당히 많이 올랐고 건축비도 올랐으니, 역 근처에 열다섯 평에서 스무 평 남짓의 좀 세련된 가게를 열려면 최소한 2천만 엔 정도는 필요하지 않을까? 2천만이란 아무리 생각해도 평범한 젊은이가 모을 수 있는 금액은 아니다.

요즘 세상에 '돈도 없지만 취직도 하고 싶지 않다'는 생각을 가진 젊은이들은 대체 어떤 길을 걷고 있을까? 과거에 나도 그중 한 사람이었던만큼, 요즘의 폐쇄된 사회 상황이 무척 염려스럽다. 빠져나갈 길이 많으면 많을수록 살기 좋은 사회라고 나는 생각한다.

오모리 가즈키에 대하여

오모리 가즈키 씨는 효고현 아시야 시립 세이도 중학교의 내 삼 년 후배이며, 내가 쓴 『바람의 노래를 들어라』란 소설이 영화화되었을 때 감독을 맡기도 했다. 이 사람은 겉보기에는 짐승 같은 인상에 부랑자같이 술을 마셔대고 늘 거지 같은 몰골에 큰 소리를 지르기 일쑤지만, 상당히 좋은 사람이다. 적어도 그렇게 나쁜 사람은 아니다(그런데 어째 이런 문장으론 칭찬한다는 느낌이 안 드는군).

오모리 씨는 현재 아시야시 히라다초의 맨션에 살면서, 딱히 하는 일 없이 낮에는 아이를 안고 주변 해안을 거닐며 지내는 모양이다. 안됐다. 소설가는 청탁이 없어도 혼자서 갈짝갈짝 소설을 쓸 수 있지만 영화감독은 그렇지 못하다. 자금도 필요하고,

해안을 산책하는
오모리 가즈키

스태프도 필요하고, 기자재도 필요하다.

　며칠 전 잡지에 실린 테크닉스 턴테이블 광고에 그가 등장했기에 "굉장하군" 했더니, "그까짓 거 아이 우윳값 정도입니다. 더구나 턴테이블 하나 얻지 못했는걸요……"라고 투덜투덜했다.

　마쓰시타 전기도 참 그렇지, 오모리 가즈키에게 턴테이블 하나쯤 주면 좋았을 텐데 싶지만, 광고업계의 일을 잘 모르니 내가 뭐라고 할 수는 없다. 그러나 턴테이블이 없어서 동요 레코드를 틀어주지 못하는 오모리 가즈키는 오늘도 아이를 업고 자장가를 입으로 웅얼거리며 아시야 해안을 터덜터덜 배회할지 모른다.

　그런 사람이 자기 회사 제품 광고에 나왔으니 마쓰시타 전기도 잠자리가 편치 않을 것이다. 턴테이블 정도 줘버리고 말지.

그건 그렇다 치고, 오모리 씨는 올해 예정되어 있던 기획이 전부 무산되어 굉장한 슬럼프에 빠져 있는 듯하다. 하세가와 가즈히코와 둘이 무슨 잡지에서 무척 우울한 내용의 대담을 했다는 정보도 있다. 아까도 말했지만 그렇게 나쁜 사람은 아니니까, 오모리 가즈키 씨에게 격려의 편지를 보내주세요. 〈일간 아르바이트 뉴스〉 앞으로 보내주시면 전해드리겠습니다.

지하철 긴자선의 어둠

도쿄로 올라와서 가장 놀랐달까 감동한 것은 지하철 긴자선을 탔을 때였다. 타본 사람은 물론 알겠지만, 긴자선 전철은 역에 도착하기 직전 전등이 꺼지면서 일이 초 정도 차내가 암흑이 된다. 그래서 깜깜해지면 '아, 이제 역에 다 왔구나' 하고 알 수 있다.

그러나 난생처음 지하철 긴자선을 탄 사람은 그런 사정을 알 턱이 없다. 그러니까 깜깜해진 순간 제일 먼저 '사고다!'라고 생각한다. 지하철 사고는 대단히 위험하니까, 이제 틀렸구나 싶은 생각이 일순 뇌리를 스친다. 하나 바로 다음 순간 차내 전등이 다시 반짝반짝 켜진다. 그러곤 아무 일도 없었다는 듯 전철은 계속 달리고, 이윽고 역에 정차한다. 겨우 안도의 한숨을 내쉰다.

지하철의 어둠

　그런데 그때 내가 무엇보다도 놀랐던 것은 다른 승객들은 전혀 놀라거나 겁에 질리거나 동요하는 기색이 없었다는 사실이다. 상식적으로 생각하면 설사 아주 잠깐이라도 지하철 차내가 새까만 암흑 세상이 되면 여자아이가 비명을 지르거나 노인네가 당황해서 넘어지거나 하는 일이 일어나야 마땅할 텐데 말이다. 그런데도 누구 하나 얼굴색조차 변하지 않았다. 그러기는커녕, 깜깜해진 것을 의식조차 못하는 것 같았다.

　도쿄 사람들은 과연 터프하고 냉정하구나, 하고 나는 내심 감탄했다.

　물론 그후 몇 번인가 거듭 타는 사이에 그게 사고가 아니라 일상적인 일임을 알게 되었다. 이런 종류의 일은 한번 알아버리면 정말 시시해진다.

같은 과 친구에게 그 얘기를 했더니, "근데 말이야, 그렇게 깜깜해질 때 승객 중에 눈이 번쩍 빛나는 사람이 몇 명 있는데, 그게 다 히비야 고등학교 학생이야. 한번 유심히 살펴봐"라고 했다.

이것은 물론 거짓말입니다. 하긴 거짓말이란 걸 깨닫기까지 며칠 걸렸지만. 나도 옛날에는 무척 순진한 청년이었다.

더플코트에 대하여

나는 더플코트를 좋아해서 한 십삼 년쯤 줄곧 같은 것을 입고 다닌다. 짙은 회색의 VAN JACKET 제품으로, 샀을 당시 만 5천 엔이었다. 그후 쭉 겨울이 오면 그 한 벌로 찬 바람을 견뎌내고 있다.

그사이 세상에는 실로 다양한 코트가 유행했다. 맥시코트가 유행하기도 했고, 니트코트가 유행하기도 했다. 가죽점퍼도 유행했고, 모피가 유행했고, 랜치코트가, 스타디움 점퍼가, 피코트가, 오리털 파카가 유행하기도 했다. 그 세월 동안 나는 내내 더플코트를 입고 살았다. 그래서 주위 사람들로부터 꽤 핀잔을 듣기도 했다. 그래도 나는 인내했다.

그러나 말이다, 어찌된 셈인지 세상이 한 바퀴 빙 돌아 제자리

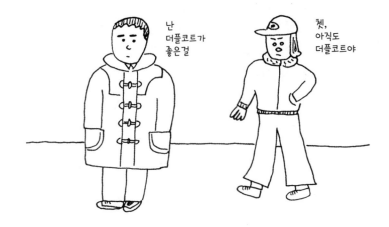

난 더플코트가 좋은걸

쳇, 아직도 더플코트야

에 온 듯, 올해 들어 더플코트를 입은 젊은이가 늘어났다.

〈멘즈 클럽〉 1월호를 보니 왜 올해 더플코트가 유행하는지에 대한 설명이 실려 있었다.

그 설명에 의하면 더플코트가 지금까지 찬밥 신세를 면치 못했던 것은 ①난방시설이 충분히 보급되어 무거운 울코트를 기피하는 경향이 생겼고 ②방한복으로 가볍고 따뜻한 오리털 파카가 보급되었기 때문이며, 올해 들어 갑자기 다시 유행하는 것은 '그러나 인간은 반드시 편리함과 기능성만으로 만족하는 존재가 아니기 때문'이란다.

이런 식의 꼼꼼한 설명을 들으면 무릎을 탁 치며 '음, 그런 거였나' 하고 중얼거리게 된다.

'××가 지금 유행하는 이유' 하는 식의 기사를 나는 상당히 좋아한다. 그런 것을 읽고 있노라면 세상이 결코 마구잡이로 돌아가고 있지는 않다는 게 느껴져 마음이 든든하다. 열심히 생각해보면 장래에 대한 것도 알 수 있을 듯한 기분이 든다.

그건 그렇고, 올해야말로 가볍고 따뜻한 오리털 파카를 사볼까 한다.

체중 증감에 대하여

그다지 값비싼 물건도 아닌데 어쩐지 손이 가지 않아 못 사는 것들이 있다. 내 경우에는 체중계가 그랬다. 늘 사야지 사야지 생각은 하지만, 실제로 백화점 같은 데 가서 보면 디자인이 영 마음에 들지 않거나 들고 오기가 귀찮아서, 결국은 '다음번에 사지 뭐' 하고 만다.

게다가 나는 체중이 늘 60에서 61킬로그램 정도로 안정되어 있는데다 몸에 이상이 있는 곳도 특별히 없는지라, 체중계가 반드시 필요하지는 않다. 그냥 있으면 편리한 정도다.

이래저래 못 사고 있는데 올가을 뜻하지 않게 체중계를 선물받았다. 이런 일이 생기면 무척 기쁘다. 지금까지 안 사고 버텨온 보람이 있다. 그도 그럴 것이 체중계가 두 개나 있은들 별 소

용이 없으니 말이다.

그래서 모두 함께 재빨리 체중을 재어보았다. 고양이 A가 3.5
킬로그램, 고양이 B가 4.5킬로그램, 내가 61킬로그램이다.

체중계란 제법 재미있는 물건이다. 한번 재기 시작하면 버릇
이 되어, 나 같은 사람은 하루에 열 번쯤 체중계에 올라간다.

틈틈이 재보면 알 수 있는 사실인데, 인간의 체중은 하루 사이
에도 1킬로그램에서 1.5킬로그램 정도 늘었다 줄었다 한다.

당연히 식사를 하면 늘어나고, 배설을 하면 준다. 밤에 잘 때
와 아침에 일어났을 때도 1킬로그램 정도 차이가 난다. 그리고
여름에 1킬로미터당 오 분 정도의 페이스로 5킬로미터를 달리
면 500그램이 줄고, 10킬로미터면 1킬로그램 가까이 준다. 하긴

이런 현상은 발한 작용에 의한 것이니 수분을 보충하면 다시 원래 체중에 가까워진다.

또 한 가지, 시내에 나가 별로 만나고 싶지 않은 사람을 일 때문에 만나거나 하면 1킬로그램 빠진다. 꽤나 미묘하다.

올가을 나의 최고 체중은 64킬로그램, 현재는 58킬로그램이다. 기초적인 다이어트와 가벼운 조깅을 한 달가량 꾸준히 하면 5킬로그램 정도는 쉽사리 빠지는 모양이니까, 살이 쪄서 고민인 분들은 용기를 내시길.

전철과 전철표 (1)

나는 툭하면 전철표를 잃어버리는 인간이다. 어린 시절에도 그랬고 지금도 그렇다. 목적지에 도착해 막 개찰구를 빠져나가려 하면 표가 보이지 않는다.

코트 주머니, 바지 주머니, 셔츠 주머니 등을 전부 뒤집어가며 찾아보지만 전철표는 어디에도 없다. 대체 어디로 사라져버렸단 말인가?

전철 안에 있는 동안 별다른 짓을 한 것도 아니다. 그냥 자리에 앉아 멍하니 문고본을 읽고 있었을 따름이다. 표를 넣어둔 주머니에는 손도 대지 않았다. 그런데 왜 전철표가 없어져버린 것일까? 수수께끼다.

더구나 그런 일이 한두 번도 아니고, 몇 번이고 연달아 일어

난다. 이거야 원, 전철표를 전문으로 빨아들이는 블랙홀이 내 몸 주변 어딘가에 존재한다고밖에 생각할 수 없다.

그건 어찌됐든, 다 큰 사내가 개찰구 옆에서 옷에 달린 주머니란 주머니를 전부 뒤집어보고 있는 광경이란 그다지 봐줄 만한 게 못 된다. 솔직히 말해 창피하다. 특히 주머니에 있는 것들을 하나씩 꺼내 '이건 지갑이고…… 수첩이고…… 화장지고……' 하고 창구 카운터 위에다 늘어놓으며 점검할 때는 정말 비참하다고밖에 형용할 수가 없다.

나는 역의 개찰구를 통과할 때마다 나처럼 옷 주머니를 전부 뒤집어가며 표를 찾는 사람이 어디 없나 두리번거리는데, 그런 광경은 거의 본 적이 없다. 보통사람들은 전철표 같은 것을 잃어버리지 않는 걸까?

그리고 여자랑 데이트중에 전철표를 잃어버리면 참 난감하다.

"저기, 잠깐, 잠깐 기다려"라고 말하며 상대방을 세워놓고 개찰구 옆에서 뒤적뒤적하고 있으면, 여자의 표정이 미묘하게 변하는 걸 알 수 있다. 참 서글프다.

전철과 전철표 (2)

전철표 잃어버리는 이야기 계속.

옛날에 전철표를 분실하지 않는 비결이란 걸 배운 적이 있다. 비결이라고 해서 그리 복잡한 것은 아니다. 요컨대 '늘 일정한 주머니에 표를 넣어둘 것'이다.

바지 앞주머니든 지갑 안의 작은 주머니든, 전철표 전용 장소를 만들어놓는 것이다. 그리고 일단 개찰을 하면 우물쭈물하지 말고 곧바로 거기에다 집어넣는다. 이렇게 하면 절대로 전철표를 잃어버릴 염려가 없고, 목적지에 도착해서 얼른 꺼낼 수도 있다.

그러나 이것은 어디까지나 이론에 지나지 않는다. 어떻게 대비를 하더라도 전철표를 잃어버릴 숙명을 타고난 사람은 반드

시 잃어버리고 만다. 예컨대 사람은 언제나 같은 바지를 입고 다니지는 않는다. 플라노 바지를 입을 때도 있거니와, 청바지를 입을 때도 있고, 조깅 바지를 입을 때도 있다. 그리고 바지 종류에 따라 주머니의 모양부터 개수, 의미, 목적까지 전부 다르다. 그러니까 단순하게 '앞주머니'라고 하면 미묘하게 어긋나게 마련이다. 도대체 조깅 바지의 어디에 앞주머니가 달려 있단 말인가?

그럼 지갑 안의 작은 주머니는 어떤가. 일견 합리적일 듯하지만 이 역시 계획대로 잘 안 된다. 왜냐하면 ①지갑을 꺼낸다 ②전철표를 집어넣는다 ③지갑을 주머니에 집어넣는다, 이렇게 세 과정이 필요하기 때문이다. 바쁠 때는 이 과정을 다 거치기가 몹시 번거롭다. 게다가 사람들 앞에서 지갑을 꺼내는 건 위험하기도 하다. 또 전철표를 일일이 지갑에 집어넣는 행위는 어른이 할 짓이 아니지 않나 싶어 창피스럽기도 하다. 그러니까 결국은 '이번에는 바지 오른쪽 주머니에 넣어두면 되겠지. 분명히 기억하고 있으니까 괜찮을 거야' 하게 된다. 그리하여 목적지에 닿으면 전철표는 예외 없이 사라지고 없는 것이다.

몇 번이고 거듭 말하지만, 이건 거의 숙명이다. 전철표를 잃어버리지 않는 사람은 잃어버리지 않고, 잃어버리는 사람은 영원토록 잃어버린다.

전철과 전철표 (3)

전철표 잃어버리는 이야기를 집요하게 계속해서 세번째.

나는 옛날에 어떻게 하면 전철표를 잃어버리지 않을 수 있을지에 대해 제법 심각하게 생각한 적이 있다. 이론적으로는 아주 간단한 일이다. 즉 ① 어떤 복장에나 일반적으로 존재하고 ② 넣고 꺼내는 데 긴 시간이 걸리지 않으며 ③ 거기에다 표를 넣어두었다는 사실을 결코 잊어버리지 않을 만한 장소를 찾아내면 되는 것이다. 잠깐 생각해보세요.

이 세 가지 조건을 갖춘 장소를 당신은 생각해낼 수 있나요?

양말이나 구두는 안 되죠. 샌들을 신을 때가 있으니까. 팬티 안도 조건 ② 에 미달되니 물론 불합격. 꽤 어려운 일이다.

나는 오랫동안 생각에 생각을 거듭한 끝에, 간신히 적합한 장

귀에서 전철표를 꺼내는 여고생

스윽

스윽

소를 하나 발견해냈다. 귀다. 귀밖에 없다. 나는 발견했다(유레카)!

그후 나는 전철표를 착착 접어서 귓구멍에 넣어 간직하게 되었다. 처음 한동안은 빳빳한 게 귓속에 들어 있어 불안스럽지만 익숙해지면 아무렇지도 않다. 오히려 '아, 지금 내 귓속에 전철표가 있어' 하는 확고한 존재감이 전해져 사랑스럽기까지 하다.

그런 느낌이 잘 이해 안 가는 사람은 한번 시험해보세요, 국철표 같으면(물론 두꺼운 종이는 안 되죠, 그런 걸 귓구멍에 쑤셔 넣었다간 상처가 날 테니) 가로로 두 번, 세로로 한 번 접으면 귀에 들어갑니다.

잉크가 귀에 묻지 않도록 뒤집어서 접는 것을 잊지 말고요. 귀의 솜털이 바스락바스락 소리를 내고, 조금 부끄러운 기분이 들죠? 키득키득 간지러워하는 사람이 있을지도 모르겠다.

그러나 내가 발명한 이 '전철표 귀에 넣기 운동'이 전국적으로 확산되어, 몇만 명이나 되는 여고생들이 매일 아침 귓속에서 세 번 접은 전철표를 꺼내는 광경을 상상하면 마음이 설렌다. 이런 건 역시 어딘가 잘못된 것일까? 잘 모르겠다.

(＊이 글을 쓴 후에 독자로부터 '여고생들은 정기권을 가지고 다닙니다'라는 투서를 받았습니다. 그러고 보니 그렇군요. 정기권은 유감스럽게도 귀에 안 들어가죠.)

전철과 전철표 (4)

전철표 잃어버리는 이야기를 네 번이나 계속하다니, 이게 마지막.

요전번에 전철표를 접어 귓속에 넣어두면 잃어버리지 않는다는 이야기를 썼는데, 그렇게 표를 귀에 넣고 있으면 종종 이상한 눈길로 쳐다보는 사람들이 있다. 멍한 얼굴로 쳐다보는 사람이 있는가 하면, 기분 나쁘다는 듯 멀찌감치 비켜나는 사람도 있다.

뭐 그 기분을 모르는 것은 아니지만, 전철표를 주머니에 넣든 귀에 넣든 그건 어디까지나 내 마음 아닌가. 그 정도 갖고 일일이 다른 사람에게 이상한 눈길을 주지 않았으면 좋겠다. 내 쪽에도 나름의 사정이 있어 궁여지책으로 그러고 있는 거니까.

그다음으로 짜증나는 일은 끄덕끄덕 졸고 있을 때 표를 검사

하러 온 차장이 갑자기 "손님, 표 좀 보여주세요"라고 할 때다. 귀에서 슬며시 표를 꺼내면, 차장과 주위 사람들 모두 굉장히 놀라기 때문이다.

놀라는 것은 어쩔 수 없다 쳐도, 어떤 차장은 표를 구겼다고 화를 내기도 한다.

그런 여러 가지 일로 그만 성가셔져서 결국 전철표를 귀에다 넣어두는 것도 포기하고 말았다. 지금은 '그렇게 없어지고 싶거 들랑 언제든 네 멋대로 없어져버려' 하는 무아무심의 경지로 전철을 탄다. 아무리 애를 써도 전철표는 반드시 없어지고 마니까, 애를 써봐야 그만큼 헛수고인 셈이다.

단 잃어버렸을 때의 손해를 최소한으로 줄이는 방법이 있다.

어떤 방법인가 하면, 어딜 가더라도 기본요금에 해당하는 표만 사는 것이다. 그리고 목적지에 도착해 개찰구에서 초과한 금액만큼 추가 요금을 낸다. 이렇게 하면 설사 표를 잃어버리더라도 손해는 훨씬 적어진다.

혹 마음씨 좋은 역무원이 "잃어버렸다고요? 할 수 없죠. 그냥 가세요"라고 말해주기라도 한다면, 고스란히 득을 보는 셈이다.

밸런타인데이의 무말랭이

좀 오래전 얘기인데, 2월 14일 저녁나절에 무말랭이 조림을 만들었다. 세이유 슈퍼마켓 앞을 지나가는데 농가의 아주머니가 길바닥에서 무말랭이를 비닐 주머니에 담아 팔고 있기에 갑자기 먹고 싶어져 사고 말았다. 한 봉지에 50엔이었다. 그리고 동네에 있는 두부 가게에서 살짝 튀긴 두툼한 두부와 맨두부도 샀다. 이 두부 가게 딸은 털이 좀 많긴 하지만 비교적 친절하고 귀염성이 있다.

집으로 돌아와 무말랭이를 한 시간 정도 물에 불렸다가 참기름으로 볶고, 거기에다 튀긴 두부를 여덟 조각으로 썰어넣고, 맛국물과 간장과 설탕과 미림으로 양념한 후, 중간 불에 부글부글 조린다. 그사이 카세트테이프로 B. B. 킹의 노래를 들으며, 홍당

〈황금 연못〉의
헨리 폰다처럼

무와 무채 초무침을 만들고 무청과 유부를 넣은 된장국을 끓인다. 그러고 나서 맨두부를 끓는 물에 살짝 데쳐놓고 도루묵을 굽는다. 이것이 그날의 저녁식사였다.

그걸 먹으면서 문득 생각났는데, 2월 14일 오늘은 밸런타인데이다. 밸런타인데이란 여자가 남자에게 초콜릿을 선물하는 날이다. 그런 날 저녁에 나는 어째서 제 손으로 만든 된장국을 훌훌 마시고, 제가 만든 무말랭이 조림을 먹어야 한단 말인가? 이런 생각이 들자 내 인생이 한심스러워졌다. 이거야 인기 없는 명랑만화의 주인공과 다름없지 않은가? 초콜릿을 주는 여자라곤 아무도 없다. 아내조차 시큰둥하게 "밸런타인데이? 흠, 그래" 하면서, 내가 만든 무말랭이 조림을 묵묵히 먹고 있다.

옛날에는 안 그랬다. 효고 현립 고베 고등학교 2학년 때는 세 명의 여자아이한테서 초콜릿을 받았다. 와세다대학 문학부에 다니던 시절에도 그런 일이 심심찮게 있었다. 한데 언제인가 돌연 내 인생이 정상적인 궤도를 벗어나, 나는 밸런타인데이 저녁에 무말랭이와 두부 조림을 만들어야 하는 인간으로 변하고 말았다.

이러다가는 당장이라도 〈황금 연못〉에 나오는 헨리 폰다 같은 노인이 돼버릴 것 같아서 스스로도 겁난다. 아, 싫다 싫어.

생일에 대하여

지난번에 나이를 먹으니 밸런타인데이가 하나도 재미없다는 이야기를 썼다. 그러나 나이를 먹어서 재미없어지는 건 밸런타인데이만이 아니다. 생일도 영 재미가 없어지고 만다. 자랑할 건 못 되지만, 최근의 내 생일에는 재미있는 일이 한 가지도 없었다.

물론 선물을 받지 못한다는 얘기는 아니다. 내 아내는 선심 쓰기를 꽤 좋아하는 편이라 "선물 뭐가 좋아요? 뭐든 사줄게요!"라고 말하고, 또 대개는 실제로 사준다. 그러나 말이다, 곰곰 생각해보면 그녀가 사든 내가 사든 돈 나오는 구멍은 똑같은 것이다. 10만 엔짜리 카세트덱을 사다줘서 우아! 하고 당장은 기뻐 날뛰어도, 월말이 되면 "저기, 이번 달 생활비가 모자라는데" 할 게 불 보듯 뻔하다. 그런 걸 생각하면 생일선물로 무얼 받든 기

쁘지 않고 감동도 없다.

우울하다.

그래서 올해 생일은 혼자서 조용히 지내보려 했다. 긴자에서 레코드 한 장을 사고(내 돈으로), 니혼바시에 있는 다카시마야 백화점의 특별 식당에 가서 도시락을 사 먹는 걸로 끝내자, 그 정도면 분수에 맞지 않을까 생각했다. 그래서 니혼바시까지 걸어갔더니 다카시마야 백화점은 정기 휴일이었다. 이럴 수가. 나는 다카시마야의 식당에 가면 나름대로 은밀히 생일을 자축할 수 있지 않을까 해서 일부러 니혼바시까지 걸어갔던 것이다. 결국 그날 나는 공연히 화를 버럭버럭 내며 맥주를 마시고 배가 터지도록 초밥을 먹는 바람에, 터무니없이 많은 돈을 쓰고 말았다.

그 이튿날 출판사의 내 담당 여자 편집자를 만나 식사를 했다. 그녀는 나보다 세 살 아래인데, 혈액형도 같고 생일도 똑같다.

"생일이 돼도 좋은 일이 하나도 없네요." 그녀도 그렇게 말했다. 나이를 먹으면 이렇게 생일이 같은 사람끼리 오손도손 모여서 "너나 나나 좋은 일이 없군" 하고 주절거리며 먹고 마시는 게 가장 타당한 생일 축하 방법이 아닐까 하는 기분이 든다.

무민 파파와 점성술에 대하여

지난 회에 출판사의 내 담당 여자 편집자와 내가 혈액형과 생일이 같다고 썼다. 이런 경우 가장 먼저 신경쓰이는 것은, 나와 그녀 사이에 과연 성격상의 운명적인 공통점이 존재할까 하는 것이다. 다행히 그녀는 내 담당 편집자라서 시간을 두고 유심히 관찰할 수 있었다. 결과부터 얘기하자면 물론 공통점이 있다. 그러나 '역시' 하고 감탄할 정도로 두드러지는 공통점은 없다. 차이점보다 공통점이 얼마간 많은 정도다.

하긴 『무민』*을 보면, 무민 파파와 오 분 차이로 태어난 아기는 무자비한 악당이 된 반면 무민 파파는 훌륭한 아버지가 되었다고

---

* 핀란드의 아동문학가 토베 얀손의 작품, 혹은 그 주인공의 이름.

태어난 시간이
오 분만 달랐어도…

하니까, 생일이 같더라도 별로 공통점은 없을지도 모르겠다.

아닌 게 아니라 점성술의 세계에서는 시간이 약간만 어긋나도 여러 가지가 영판 달라지는 모양이다. 내 경우는 태어난 시간이 정오쯤이라는 것 말고 더 자세한 부분은 모른다. 그러니까 엄밀히 말해 운명을 점치기가 어렵다.

한 삼 년 전에 점성술에 통달한 어느 유명한 여자와 자리를 같이한 적이 있는데, 좋은 기회다 싶어 비교적 가까운 장래의 일을 물어보았다. 그녀는 "정오 이전이냐 이후냐에 따라 상당히 달라져요"라고 전제하면서도, "분명 올해 안에 이혼하시겠는데요" 하고 딱 잘라 말했다. 나는 그것도 운명이라면 하는 수 없겠다고 여기며, 예금통장의 분배 방법을 궁리하고 이혼 후의 거취를 어떻게 할까 생각하면서 그해를 보냈다.

하지만 결국 우리는 이혼하지 않았다. 대수로운 싸움도 하지 않았다. 싸움은커녕 오히려 지극히 평온한 한 해였다. 그 여자의 예언은 잘 들어맞는다는 풍문이니, 아마 내 경우는 정오 이전이냐 이후냐 하는 차이로 운명이 미묘하게 비켜난 것이라고 생각한다.

그러나 만약 태어난 시간이 오 분만 달랐다면, 나는 지금쯤 독신에다 걸프렌드가 열 명 정도 있는 상황이 됐을지도 모른다. 뭐 아무려면 어때, 하는 기분도 들지만.

'대박' 고양이와 '꽝' 고양이

아주 개인적인 일인데, 어제 우리집 고양이가 척추가 어긋나서 입원을 했다. 이 고양이는 여덟 살 된 암컷 샴고양이로 '대박' 고양이다.

이런 얘기를 하면 어떤 사람은 화를 낼지도 모르겠지만 고양이에는 '대박'과 '꽝' 두 종류가 있다. 시계 같은 것과 마찬가지다. 이것만은 키워보지 않고는 도저히 알 수 없다. 외모만 봐도 절대로 모른다. 혈통도 소용이 없다. 아무튼 몇 주쯤 길러본 후에야 '음, 이놈은 대박이야'라든가 '골치 아프군, 꽝이야'라는 걸 겨우 알 수 있는 것이다.

그게 시계라면 바꿔치울 수도 있다. 그러나 고양이의 경우는 불합격이라는 이유로 어디에다 내다버리고 합격품을 새로 사들

이건
인간의 경우

미인의 기준과
같다

일 수는 없다. 바로 이것이 고양이를 기를 때의 문제점이다. 꽝
이랑도 꽝 나름대로 어떻게든 사이좋게 지내야 한다.

그렇다면 대박 고양이와 운좋게 만날 확률이 어느 정도인가
하면, 나의 오랜 고양이 경험으로 보아 대충 세 마리 반이나 네
마리에 한 마리 정도의 확률이지 않을까 싶다. 그러므로 대박 고
양이는 제법 귀중한 존재다. 하기야 어떤 고양이가 대박인가 하
는 기준은 사람마다 미묘하게 다르다. 사람마다 미인의 기준이
다른 것과 마찬가지다.

입원한 그 대박 고양이는 원래 고쿠분지의 메밀국숫집에서
키우고 있었는데, 제대로 키우기 힘들다는 이유로 수의사한테

맡겨졌다가 우연히 우리집으로 오게 됐다. 그런 사정이 있으니 왠지 미심쩍은 마음이 들면서도 당분간 길러봤는데, 이놈이 실은 최고의 대박이었던 것이다. 살다보면 이런 일도 있다.

그녀가 우리집에 온 것은 반 살 때고, 나는 그해 스물여섯 살이었다. 그녀는 지금 인간의 나이로 치면 쉰 살쯤 되었고, 나는 인간의 나이로 서른넷이 되었다. 성장한 고양이의 몸속에서는 인간의 약 여섯 배 정도 속도로 시간이 흐르는 것이다. 그런 생각을 하면 무척 애처로워진다. 인간에게도 대박과 꽝이 있는가 하는 건 내게는 벅찬 문제다.

로멜 장군과 식당칸

옛날에 무슨 책을 읽다가 로멜 장군이 열차 식당칸에서 비프
커틀릿을 먹는 장면과 맞닥뜨린 적이 있다.

장면이라지만 특별히 상세한 정경묘사가 있었던 것은 아니
고, 이를테면 '파리행 열차 식당칸 안에서 로멜 장군은 점심으로
비프커틀릿을 먹었다'는 정도의 문장이 실려 있었을 뿐이다. 게
다가 딱히 비프커틀릿에 얽힌 얘기도 아니다. 요컨대 로멜 장군
이 비프커틀릿을 먹었다는 단순한 언급일 따름이다.

내가 어째서 이 별것 아닌 문장을 잘 기억하고 있는가 하면,
색깔의 조화가 무척 아름다웠기 때문이다. 우선 로멜 장군의 빳
빳한 남색 서지 군복, 흰색 테이블클로스, 막 튀겨낸 엷은 갈색
의 비프커틀릿, 버터에 가볍게 볶은 누들, 그리고 창밖으로 펼쳐

비프커틀릿을
먹는
로멜 장군

지는 북프랑스의 푸른 전원 풍경 — 실제로는 그렇지 않았을지
도 모르지만, 문장을 읽어나가며 언뜻언뜻 떠오른 것이 그런 색
깔들의 어울림이었다. 그렇기에 이렇다 할 의미도 없는 그 문장
이 언제까지고 머리 한구석에 들러붙어 있는 것이다. 이러한 것
은 문장의 미덕이라 해도 좋으리라 생각한다. 이를테면 꼬리에
꼬리를 물고 퍼져나가는 문장 말입니다.

　가령 소설 같은 걸 쓸 때는, 이렇게 열린 문장으로 시작하면
이야기가 점점 확대되어간다. 반대로 아무리 공을 들인 아름다
운 문장이라 하더라도 그게 닫힌 문장이면 얘기는 거기서 그만
멈추고 만다.

　그건 그렇다 치고, 이런 글을 읽고 있노라면 참을 수 없이 비

프커틀릿이 먹고 싶어진다. 나는 비프커틀릿의 우수한 맛에 대해 여기저기에다 글을 썼는데 좀처럼 그 훌륭함이 인정되지 않아(특히 간토 지방은 지독하다) 정말 유감스럽다.

아직까지도 "네? 쇠고기로 커틀릿을 만든단 말입니까? 어째영 맛이 없을 것 같은데요"라고 하는 사람이 있다. 따라서 식당 칸 메뉴에도 대개 비프커틀릿은 없다. 원통하다.

비프커틀릿에 대하여

지난 회에 식당칸과 비프커틀릿 이야기를 했는데, 이어서 계속.

도쿄에서는 비프커틀릿을 좀처럼 먹을 수가 없어서 나는 차선책으로 곧잘 비엔나 슈니첼을 먹는다. 비엔나 슈니첼이란 비엔나식 송아지 커틀릿을 말한다.

이것은 맥주병으로 두들겨 얄팍하게 편 송아지 고기에 옷을 입힌 후 찰랑찰랑한 샐러드오일에 한 면씩 튀기는 요리다. 돈가스처럼 기름에 푹 담가서 튀기면 맛이 없다.

비엔나 슈니첼에는 이 밖에도 꼭 지켜야 하는 것들이 있다. 튀긴 쇠고기 위에 동그랗게 썬 레몬을 얹고, 한가운데 안초비로 만 올리브를 올려놓는다. 그러고 나서 케이퍼를 뿌린다. 뜨거운 버터도 끼얹는다. 곁들여 내놓는 음식은 흰색 누들. 이것이 규칙이

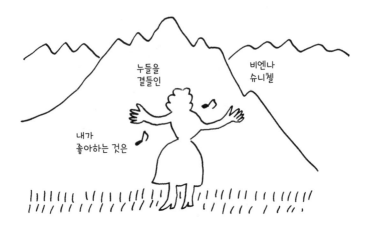

다. 이것들이 다 갖추어져야 비로소 '아, 비엔나 슈니첼!'이라고
할 수 있다.

그렇다면 그런 것들을 전부 없애고 송아지 고기를 튀긴 커틀
릿 하나만 먹으면 어떤가. 뭐 기분 때문인지도 모르겠지만 그다
지 맛이 없다. 왠지 될 대로 되라는 듯한 맛이고, 고기의 얄팍함
만 유난스레 신경에 거슬린다.

〈Sound of Music〉에 나오는 〈My Favorite Things〉란 노래
에도 '내가 좋아하는 것은⋯⋯ 누들을 곁들인 비엔나 슈니첼'이
란 가사가 있는데, 정말이지 그 말대로다. 뒤집어 말하면 내가
싫어하는 것은 누들을 곁들이지 않은 비엔나 슈니첼이다.

비프커틀릿에는 그런 섬세한 규칙이 별로 없다. 그리 두껍지 않은 쇠고기만 찾아내면 그다음은 돈가스를 튀길 때와 마찬가지 요령으로 만들면 된다. 아주 심플하고, 아주 맛있다. 거기에 내가 좋아하는 사이드 디시, 소금 간만 해서 삶아낸 스파게티와 크레송 샐러드까지 곁들이면 정말 맛있다니까요.

식당칸과 맥주

식당칸 이야기를 이어서.

설령 메뉴에 비프커틀릿이 없다 해도 열차의 식당칸은 꽤 멋지다. 뭐랄까, 옛날 식당 같은 고아한 분위기가 좋다. 다 먹고 나면 먹기 전과 다른 장소에 있다는 것도 신선한 느낌이다. 그리고 덜커덩덜커덩하는 흔들림도 기분이 좋다.

식당칸에는 왠지 '일시적인 제도'라고나 할 만한 독특한 분위기가 떠다닌다. 즉 식당칸에서의 식사는 '배를 채우기' 위한 식사도 아니고, 그렇다고 '맛을 음미하기' 위한 식사도 아니다. 우리는 그 중간쯤에 위치하는 불분명하고 잠정적인 식욕을 품고 식당칸을 찾는 것이다. 그리고 식사를 하면서 어디론가 확실하게 옮겨져간다. 애달프게 보면 애달프기도 하다.

　식당칸의 그 '일시적인 제도' 중 유난스레 내 마음을 끄는 것은 아침부터 맥주를 마실 수 있다는 것이다. 도시에 있는 레스토랑이라고 아침부터 맥주를 마실 수 없는 건 아니지만, 주문하기도 좀 쑥스럽고 애당초 마시고 싶은 기분도 잘 나지 않는다.

　그에 비해 식당칸에서는 오전 열시쯤부터 모두들 맥주를 마시니까, 덩달아 나도 마시고 싶어져 주문한다. 그렇게 해도 전혀 거부감이 없다.

　사실은 지금(이 원고가 책으로 나오려면 제법 시간이 걸리겠지만) 하코다테에서 삿포로로 향하는 특급열차의 식당칸에서 혼자 맥주를 마시며 때 지난 아침을 먹고 있다. 햄에그와 샐러드와 토스트, 그리고 맥주입니다. 이 햄에그의 햄이 또 굉장히 두

껍다. 나는 이런저런 여러 가지 아침식사를 경험해보았지만, 이렇게 두꺼운 햄에그는 처음이다.

옆자리의 아저씨는 카레라이스를 먹으며 맥주를 마시고 있다. 창밖은 온통 흰색, 눈이 부셔 따끔따끔하다. 카레라이스란 남이 먹고 있으면 무척 맛있어 보인다.

여행지에서 영화를 보는 일에 대하여

지난 회에 이어서. 사흘 동안 삿포로에 있었다. 딱히 무슨 용건이 있었던 것은 아니고, 기회가 닿아서 혼자 훌쩍 들러본 것이다.

그리고 삿포로에서 무엇을 했느냐 하면, 우선 맥줏집에 들어가 생맥주 세 잔을 마시며 점심을 먹고(홋카이도에서 마시는 맥주는 왜 그렇게 맛있는 걸까?), 동시상영관에서 〈람보〉와 〈소림사〉를 보았다. 그다음은 저녁을 먹고, 당연히 또 맥주. 식후에는 재즈 카페에 들어가 위스키. 이튿날에는 영화관에 가서 윌리엄 와일러의 〈형사 이야기〉와 빌리 와일더의 〈선셋 대로〉, 그다음 〈불의 전차〉를 보았다. 밤에는 또 술.

왜 굳이 삿포로까지 가서 영화를 봐야 했는지는 나도 잘 모르겠다. 그러나 나는 낯선 땅에 발을 디디면 이상하게도 영화가 보

고 싶어진다. 그런고로 지금까지 일본 각지의 수많은 영화관에서 실로 수많은 영화를 보았다. 모르는 동네의 모르는 영화관에 들어가 영화를 보고 있노라면 영화가 묘하게 온몸으로 파고들어온다. 이는 아마도 영화를 보는 즐거움이 본질적으로 서글픔을 동반하고 있어서가 아닐까 한다.

열여덟 살 때 입시 공부가 너무 지겨워 고베에서 배를 타고 훌쩍 규슈로 갔다. 그러고는 구마모토의 영화관에 들어가 제임스칸이 나오는 〈영광의 사나이들〉(좋은 영화였다)과 록 허드슨의 〈눈가리개〉를 연달아 봤다. 영화관에서 나와 어슬렁거리는데한 여자가 다가오더니 "저기요, 500엔이면 되니까 안 할래요?" 하고 말을 걸었다. 500엔이라니 당시로서도 너무 싼 터라 수상쩍다 싶어 거절하고 또다른 영화관에 들어갔다. 도에이 영화관의 요금이 아마 500엔 정도였을 것이다. 그래서 '세상일은 참 희한하구나' 생각했던 게 기억난다. 나는 그즈음 연애를 하고 있어서, 영화 한 편 보는 값으로 섹스를 할 수 있다는 말 따위 쉽사리 믿을 수 없었다.

그건 그렇고 삿포로에는 극장이 열 개나 모여 있는 건물이 있는데, 이거야말로 정말 대단하죠.

빌리 와일더의 〈선셋 대로〉

지난 회에 이어서 영화 이야기. (아무려나 상관없지만 아예 이 칼럼의 제목을 '지난 회에 이어서'로 하는 게 좋았을 뻔했다.)

사실 나는 와세다대학의 문학부 영화연극과에 다니면서 영화를 공부했다. 그렇다고 특별히 영화에 대한 전문적인 지식이 있는 건 아니다. 또 남들보다 영화를 더 잘 이해할 줄 아는가 하면 그렇지도 않다. 이런 실정에 비춰보면 대학 교육이란 별로 의미가 없는 것 같다.

그러나 와세다 영화과에 들어가길 잘 했다 싶었던 이유는 공부할 필요가 거의 없었기 때문이다. 물론 영화과에도 '에이젠슈테인의 몽타주 이론'을 원서로 강독하는 강의 같은 게 있어서 그런 과목은 어느 정도 예습을 해야 했지만, 학생들은 또 '쳇! 이론

을 배운다고 영화를 이해할 수 있겠냐' 하는 생각을 갖고 있으니까 기본적으로 공부를 잘 하지 않는다. 그럼 무얼 하느냐면, 강의를 땡땡이치고 아침부터 영화관에 가 영화를 본다.

강의를 빼먹는다 쳐도 영화과 학생이 영화를 보는 거니까 이것도 틀림없는 공부인 셈이다. 비난할 여지가 없다.

그러한 연유로 학생 시절에는 정말 영화를 많이 봤다. 일 년에 이백 편은 넘게 봤다. 당시에는 아직 〈피아〉 같은 영화잡지가 없었기 때문에, 보고 싶은 영화를 찾아내거나 영화관을 발굴하는 것만도 만만치 않았다.

영화를 볼 돈이 없으면 와세다 본 캠퍼스에 있는 연극박물관에 가서, 오래된 영화잡지에 실려 있는 시나리오를 구석구석까지 모조리 읽어댔다. 시나리오를 읽는 작업은 한번 맛들이면 매우 재밌는 일이다.

본 적 없는 영화일 경우에는 그 시나리오에 따라 머릿속으로 자기만의 영화를 만들어낼 수 있기 때문이다. 지난번에 애기한 빌리 와일더의 〈선셋 대로〉도 내게는 그런 영화 중 한 편이었다. 그래서 처음 보는 영화인데도 무척 감회가 새로웠다.

개미에 대하여 (1)

개미란 동물은 위대하다. 빈말이 아니라 정말로 그렇게 생각한다. 나는 옛날부터 개미 보는 걸 좋아해서 틈나는 대로 곧잘 개미를 관찰하는데, 며칠 전에도 집 근처에서 버스를 기다리고 있자니 발밑에서 개미 떼가 열심히 집을 짓고 있어 십오 분 정도 지긋이 바라보았다.

다들 아시다시피 개미란 동물은 땅속에 구멍을 파서 집을 짓는데, 구멍을 팔 때 가장 큰 문제는 파낸 흙을 어떻게 땅 위로 운반해내는가이다. 영화 〈대탈주〉를 본 사람이라면 알겠지만 이는 제법 성가신 문제다. 그럼 개미는 이 문제를 어떻게 해결하는가 하면, 그게 또 참 단순하게도 다들 한 알갱이씩 흙을 앞발로 부둥켜안고 지상으로 운반한다. 꽤 고된 노동 같지만 개미란 일

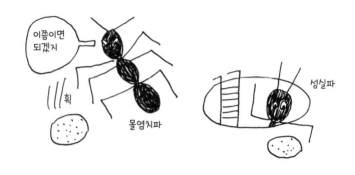

이쯤이면
되겠지

휙

몰염치파

성실파

하는 게 본분이니까 뭐, 당연하다고 치자.

내가 위대하다고 여기는 것은 그 흙알갱이를 내려놓는 방식이다. 땅 위에까지 날라와도 개미는 결코 그 흙을 아무데나 휙 내던지고 돌아서는 법이 없다. 그랬다간 입구 주변에 모래산이 생겨 여러모로 곤란해진다는 걸 숙지하고 있는 것이다. 그래서 구멍에서 30센티미터 내지 50센티미터쯤 떨어진 곳까지 기어가, 적당한 곳을 가늠해 흙알갱이를 내려놓고는 다시 구멍 속으로 돌아간다. 이 '가늠'하는 분위기가 개미의 뒷모습에 배어 있어, 곁에서 보고 있으면 호감이 느껴진다.

그러나 모든 개미가 그런 것은 아니고 개중에는 입구 옆에다 흙알갱이를 내던져놓고 휙 돌아서는 몰염치한 녀석도 있긴 하다. 개미의 세계에도 각양각색의 개미가 있는 모양이다. 하지만 조금 생각해보면 너나 할 것 없이 꼭 흙알갱이를 멀리까지 날라야 한다는 규칙은 없고, 골고루 흙을 뿌린다는 관점에서 보면 몇 마리는 입구 가까이에다 흙을 버리고 간다 해도 전혀 상관없다. 한 마리 한 마리가 줄곧 그런 상황 판단을 하면서 움직이는 거라면, 역시 개미는 대단하다.

개미에 대하여 (2)

　지난 회에 개미는 위대하다는 얘기를 썼는데, 반면 개미란 동물은 한참 보고 있으면 점점 무서워진다. 왜 무서운가 하면 그들은 구멍 속에서 살고, 집단행동을 하며, 절대로 말이 없기 때문이다. 오래도록 바라보아도 개미가 대체 무슨 생각을 하고 있는지 전혀 알 수 없다.

　옛날에 핵실험 때문에 몸집이 거대해진 개미가 인간을 습격하는 〈거대 개미 어쩌고저쩌고〉 하는 영화가 있었는데, 그런 설정은 상상만 해도 소름이 끼친다. 사자 떼에 습격을 당한다든가 뭐 그런 종류라면 무슨 대책을 세워볼 여지가 있겠는데, 거대한 개미가 덮쳐서 독침에 쿡 찔린 후 그대로 어두컴컴한 구멍 속으로 질질 끌려들어가 끈적끈적한 여왕개미의 밥이 된다고 생각

하면, 나는 오금이 저리도록 두렵다. 죽는 것은 어쩔 수 없다 해도 그런 식으로 죽고 싶지는 않다.

그리고 역시 영화에서 본 것인데, 아프리카 원주민이 사람을 붙잡아 몸의 야들야들한 부분에 꿀을 바르고 개미집 근처에다 포박해둔 이야기도 있다.

이 '몸의 야들야들한 부분'이라는 표현이 뭐랄까, 참으로 섬뜩하다. 개미들이 깨알같이 모여들어 그 야들야들한 부분을 '쩝쩝'대며 먹어치우는 광경이 리얼하게 상상된다. 이것도 이것대로 엄청 무섭다. 이렇게 죽는 것도 절대 싫다. 몸의 야들야들한 부분을 개미한테 먹히다니.

내가 어렸을 때는 이런 유의 조잡한 영화가 꽤 많았다. 그런 영화는 보통 변두리 이삼류 극장에서 보게 되는데, 시내의 아담하고 세련된 개봉관에서 보는 것보다 오히려 분위기가 어울려 제법 볼만하다.

그 밖에도 〈독거미 타란툴라〉 등 핵실험으로 생긴 거대 생물을 다룬 영화들이 몇 편 있었다. 거대 거미도 몸 전체에 털이 잔뜩 나 있는 것이 감촉상 징글징글하다. 거대 거미줄에 걸려 죽는 것도 혐오스러운 죽음의 하나다.

도마뱀 이야기

지난 회에는 지지난 회에 이어 개미 이야기를 썼는데, 이번에는 도마뱀 이야기.

우리집은 비교적(아니, 꽤) 시골에 있어서 사방에 도마뱀이 우글거린다. 도마뱀이란 외견상으로는 그다지 인간의 사랑을 못 받는 동물이지만 사실 사람에게 이렇다 할 해를 끼치지도 않고 벌레도 잡아먹어주는데다 가만히 보면 좀 수줍어하는 구석도 있어서, 결코 성격이 나쁜 동물은 아니다.

그런데 우리집에 사는 고양이 두 마리는 하여튼 도마뱀 골려먹기를 세 끼 밥보다 좋아해서, 어떻게 하는지 보고 있으면 도마뱀을 마구 흔들어대며 장난을 친다. 도마뱀 쪽은 그게 좋을 리가 없으니 곧바로 꼬리를 끊고 달아난다. 자연계란 참으로 미스터

불쌍한
도마뱀

리한 것이라, 고양이는 열 번이면 열 번 다 도마뱀의 몸뚱이를 좇지 않고 잘린 꼬리 쪽에 집착한다. 어째서인지는 알 수 없지만, 고양이는 잘려나와 파들파들 움직이는 꼬리에 대한 매력을 절대로 거역하지 못한다. 그렇게 해서 도마뱀은 계속 살아남는다.

그래서 나는 바로 얼마 전까지도 도마뱀이 위대하다고 생각해왔는데, 최근 과학잡지를 읽어보니 도마뱀도 도마뱀 나름대로 고통스럽다는 기사가 실려 있었다.

그 내용에 따르면 꼬리를 잃은 도마뱀은 동료들 사이에서 꽤나 학대를 받는 모양이다. 꼬리가 없는 도마뱀은 꼬리가 없다는 이유만으로 업신여김을 당하며, 자기 영역의 절반 정도를 빼앗기고 암컷에게도 천대를 받는 등, 꼬리가 다시 제 모습대로 자랄 때까지 암울한 생활을 하게 된다고 한다.

이런 기사를 읽으면 도마뱀은 정말 가엾은 동물이란 생각이 든다. 꼬리가 없으면 동료들로부터 학대받을 걸 알면서도 꼬리를 끊고 고양이를 피해 달아나야만 하는 애처로운 천성은, 도마뱀이나 인간이라는 장르를 넘어 처연하다. 이제부터는 도마뱀 꼬리를 잡아당기는 짓궂은 장난은 그만두고 좀더 따스한 눈길로 지켜보리라.

송충이 이야기

　개미 이야기에다 도마뱀 이야기, 이번에는 송충이 이야기입니다. 징그러워 속이 메슥거리는 사람은 읽지 마세요.

　우리집 부근은 벚나무 가로수가 줄지어 있어 봄이면 무척 아름답지만, 대신 오뉴월이 되면 경이로울 정도로 송충이가 많다. 그런 사태가 벌어지기 전에 미리미리 살충제를 뿌리면 좋을 텐데, 내가 살고 있는 후나바시란 곳은 자랑할 건 못 되지만 행정이 영 엉망이라, 초여름이 와서 송충이들이 떼 지어 기어나올 무렵에야 일제히 살충작업을 시작한다. 그러니까 온 동네가 송충이 천지가 되는 것은 당연지사다. 직접 본 적 없는 사람은 상상도 못하겠지만, 실로 소름이 돋는 광경이다.

　나는 작년 여름, 아침 여섯시경에 산책을 하다 그 살충제 살포

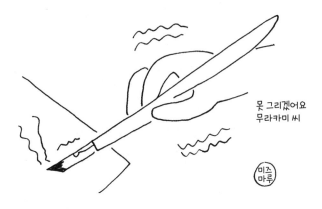

못 그리겠어요
무라카미 씨

차와 맞닥뜨렸다. 이사와서 처음 있는 일이라 영문도 모르고 벚나무 가로수길을 천천히 걷고 있는데 머리 위로 꽃보라처럼 하얀 것들이 하늘하늘 떨어졌다. 대체 뭔가 싶어 자세히 들여다보니, 그게 바로 송충이였던 것이다. 몇만 마리나 되는 송충이가 길바닥에서 카펫이 뒤틀리는 듯한 모양새로 몸을 꼬아대는데, 그 위로 또 새로운 송충이가 춤추듯 끊임없이 떨어져내린다.

나는 목청을 돋워 발언하고 싶다. 이렇게 무지막지한 작업을 아무런 예고 없이 갑자기 실행해서는 곤란하다. 아침에 일어나서 밖에 나갔더니 길바닥에 온통 송충이라니, 이거야 영락없는 재난 영화가 아닌가. 왜 전날에 방송을 하든 어쩌든 해서 "내일 아침 살충제를 살포하니 송충이를 주의하십시오"라고 알려주는 정도도 못한단 말인가?

그리고 그 일과는 무관하지만 우리집 건너편에 있는 잡풀 숲에다 살충제를 뿌렸을 때는 몇백 마리나 되는 크고 작은 송충이가 길을 건너 우리집 정원을 목표로 돌진해왔었는데, 그때도 정말 등골이 오싹했다.

송충이를 싫어하는 사람은 아무쪼록 후나바시에는 살지 않는 게 좋을 것 같다. 피넛 버터만은 아주 맛있지만.

두부에 대하여 (1)

이 칼럼에는 안자이 미즈마루 씨가 쭉 삽화를 그려주고 있는
데, 나는 딱 한 번이라도 좋으니 안자이 씨가 그림 때문에 고심
하는 꼴을 보고 싶어, 그리기 어려운 주제를 꽤나 여러 번 시도
했다. 그러나 완성된 그림을 보면 고심한 흔적을 거의 찾아볼 수
없다. 아무리 고심한 흔적을 드러내지 않는 것이 프로라지만, 가
끔은 '잘 안 된다, 어렵다' 하는 곤경에 빠뜨려놓고 즐겨보고픈
게 인지상정이다.

그래서 요전번에 '식당칸에서 비프커틀릿을 먹는 로멜 장군'
이란 주제로 글을 써보았는데, 어김없이 비프커틀릿을 먹고 있
는 로멜 장군의 삽화가 그려져 있었다.

그래서 결국 어려운 주제를 제시하려고 하면 할수록, 나는 영

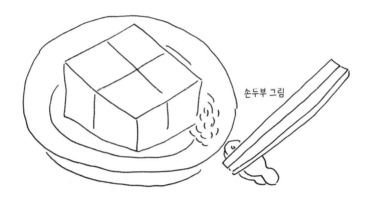

손두부 그림

원히 안자이 미즈마루 씨를 쩔쩔매게 할 수 없을 것이라는 결론에 도달했다. 가령 '문어와 커다란 지네의 씨름'이라든가 '수염을 깎는 카를 마르크스를 따스한 눈길로 지켜보는 엥겔스' 같은 주제를 내준다 해도, 안자이 화백은 보나마나 가볍게 정복해버릴 것이다.

그러면 어떻게 하면 좋을까? 어떻게 하면 안자이 미즈마루를 당황하게 만들 수 있을까? 대답은 한 가지밖에 없다. 단순성이다. 예를 들면 두부처럼 말이다.

신주쿠에 있는 술집 중 아주 맛있는 두부를 내주는 곳이 있는데, 누군가를 따라 처음 그곳에 갔을 때 나는 너무너무 맛있었던 나머지 네 모나 연달아 먹어치웠다. 간장 등의 양념을 전혀 뿌리지 않고, 그냥 새하얗고 매끈한 것을 날름 먹어치우는 것이다. 정말 맛있는 두부에는 불필요한 양념을 더할 이유가 전혀 없다. 영어로 말하면 'simple as it must be'랄까. 그 두부는 나카노에 있는 손두부집에서 식당용으로 만드는 거라고 하는데, 요즘에는 그런 맛있는 두부가 현저하게 줄어들었다. 자동차 수출도 좋지만, 맛있는 두부의 생산을 격감시키는 국가구조는 본질적으로 왜곡된 것이라고 나는 생각한다.

두부에 대하여 (2)

안자이 미즈마루 씨가 그림의 단순함 때문에 골탕을 먹도록 두부 이야기를 계속한다.

나는 솔직히 말해 열광적인 두부 팬이다. 맥주와 두부와 토마토와 풋콩과 겉만 살짝 익힌 가다랑어(간사이 지방이라면 갯장어 같은 것도 좋다)만 있으면, 여름날의 저녁나절은 더이상 바랄 게 없는 천국이다. 겨울에는 온두부, 두부 튀김, 구운 두부 어묵, 좌우지간 춘하추동을 불문하고 하루 두 모는 먹는다. 우리집은 현재 쌀밥을 먹지 않으니 실질적으로는 두부가 주식이나 다름없다.

그래서 행여 우리집에 온 친구들에게 저녁식사를 내놓으면 모두 "이게 밥이야!" 하며 경악을 금치 못한다. 맥주와 샐러드와

나는 온두부를 특히 좋아하지

오무라 마스지로라는 사람도 두부를 좋아했다고 합니다

저도 좋아합니다

미즈마루

두부와 흰살 생선과 된장국으로 끝이니까요. 그러나 식생활이라는 것은 결국 습관이어서, 이런 걸 계속 먹다보면 이게 당연한 것처럼 느껴져, 어쩌다 남들이 하는 보통 식사를 하면 위에 부담이 간다.

우리집 근처에 제법 맛있는 손두부를 만드는 두부 가게가 있어 아주 애착을 갖고 있었다. 점심시간 전에 집에서 나와 서점이나 레코드 대여점이나 게임센터에 갔다가, 메밀국숫집이나 스파게티집에서 적당히 점심을 먹고, 저녁 찬거리를 사고, 마지막으로 두부를 사서 돌아오는 게 나의 일과였다.

두부를 맛있게 먹기 위한 비결은 세 가지가 있다. 첫번째는 제대로 된 두부 가게에서 두부를 살 것(슈퍼마켓은 안 된다), 그다음은 집으로 돌아오면 곧바로 물을 담은 그릇에 옮겨 냉장고에 보관할 것, 마지막은 그날 안에 다 먹어치우는 것이다. 그런고로 두부 가게는 반드시 집 근처에 있어야만 한다. 먼 곳에 있으면 일일이 부지런을 떨어가며 사러 다닐 수 없으니 말이다.

그런데 어느 날, 여느 때와 다름없이 산책을 다녀오는 길에 두부 가게에 들렀더니 셔터가 내려져 있고 '임대 문의'란 종이가 나붙어 있었다.

언제나 웃는 얼굴로 사람 좋게 대해주던 두부 가게 일가가 갑자기 가게를 접고 어딘가로 사라지고 만 것이다. 이제 내 식생활은 대체 어떡하란 말인가?

두부에 대하여 (3)

파리의 주부들은 빵을 사다 묵히지 않는다. 그녀들은 식사 때마다 빵집에 가서 빵을 사오고, 남은 것은 버린다. 식사란 모름지기 그래야 한다고 나는 생각한다. 두부만 해도 그렇다. 막 사온 것을 먹어야지 밤을 넘긴 두부 따위를 먹을 수는 없잖은가, 이게 정상적인 인간의 사고다. 귀찮으니까 그냥 하루 지난 것이라도 먹자는 생각이 방부제나 응고제 같은 것들의 주입을 초래하는 것이다.

두부 가게 일손들도 그렇게 생각하기 때문에 아침 된장국 끓이기에 지장이 없도록 새벽 네시부터 일어나 열심히 맛있는 두부를 만드는데, 다들 아침에는 빵을 먹든가(우리집도 그렇다) 방부제가 들어 있어 며칠씩 묵어도 상관없는 슈퍼마켓 두부를

'기껏해야 두부'의
훌륭함

사용하기가 일쑤니까, 두부 가게도 일할 맛이 사라져버리는 것일 게다. 그래서 끝내 본격적인 두부를 만드는 제대로 된 두부집이 동네에서 하나둘 모습을 감추어간다.

하긴 요즘 세상에 새벽 네시부터 일어나 일하려는 유별난 사람이 어디 있겠는가. 유감이다.

두부 하면 어렸을 적 교토 난젠지 부근에서 먹었던 온두부가 뭐라 형용할 수 없이 맛있었다. 지금은 난젠지의 온두부도 젊은 이들 입맛에 맞춰 완전히 관광화되고 말았지만, 옛날에는 전체적으로 훨씬 더 소박하고 꾸밈없는 맛이 났다.

아버지의 고향집이 난젠지 근처에 있어서 물길을 따라 곧잘 긴카쿠지 주변을 산책하고, 근처에 있는 두부집 뜰에 앉아 후후

불어가며 뜨거운 두부를 먹었다. 이건 뭐랄까, 파리 길모퉁이에서 파는 크레페와 비슷한, 서민을 위한 소박한 건강식품이다.

그러므로 최근에 정식 코스 등을 만들어 5천 엔씩 받고 그러는 건 어딘가 좀 이상한 느낌이다. 그도 그럴 것이 기껏해야 두부 아닙니까?

기껏해야 두부, 그 정도 선에서 두부는 굳건하게 홀로 남아 버티고 있는 것이다. 나는 두부의 그런 존재방식을 좋아한다.

두부에 대하여 (4)

두부를 가장 맛있게 먹는 방법은 뭘까? 한가한 때 이런 생각을 해본 적이 있다. 대답은 딱 하나. 섹스를 한 후에 먹는 것이다.

음, 분명하게 말해두지만 이건 모두 상상이다. 실제로 겪어본 일이 아니다. 경험담이라고 오해하면 몹시 난처하다. 가상의 이야기다.

우선 해가 쨍쨍한 오후 무렵 동네를 거닐고 있는데, 삼십대 중반쯤으로 보이는 요염한 부인이 "앗" 하고 숨을 삼키며 내 얼굴을 본다. '왜 저러지' 하고 이상히 여기자니 그녀가 데리고 있는 다섯 살 정도의 여자아이가 내게 달려와 "아빠" 하고 부른다. 듣고 보니 작년에 죽은 그녀의 남편이 나랑 똑 닮았던 모양이다.

그녀는 "얘, 그 아저씨는 아빠가 아니야" 하고 아이를 설득하지만,

우선 이것부터

여자아이는 "아빠야!" 하면서 내 손을 놓으려 하지 않는다.

하나 나도 이런 걸 싫어하진 않는 터라 "그러면 잠깐 아빠가 돼줄게" 하며 함께 공원에서 노는 사이, 여자애가 지쳐서 그만 잠들고 만다.

이렇게 되면 그다음은 정해진 코스나 다름없다. 나는 둘을 집에 데려다주고 당연히 그 미망인과 정사를 갖는다. 일을 끝내고 나니 저녁나절, 집 밖으로 딸랑딸랑 종을 울리며 두부 아주머니가 지나간다. 여자는 흐트러진 머리칼을 가다듬으며 "두부 아주머니 —" 하고 불러 연두부 두 모를 사고, 한 모에다 잘게 썬 파와 다진 생강을 곁들여 맥주와 함께 내 앞에 가져다준다. 그러고는 "우선 두부랑 마시고 있어요. 지금 바로 저녁 준비 할 테니까"

라고 말하는 것이다.

이 '우선 두부'의 섹시함이란 뭐라 형용할 수 없이 감미롭다. 그러나 나와 닮은 남자랑 결혼한 요염한 미망인부터 찾지 않으면 애기가 안 되겠는걸, 하며 골치 아픈 생각을 하고 있는 동안에는, 바람 따위는 도저히 못 피울 것 같다.

사전 이야기 (1)

　세상에는 하기 어려운 일이 여러 가지로 많지만 사전, 지도, 지구본 등을 새로 사는 것도 생각해보면 상당히 어려운 작업이다. 예를 들어 지도 하나만 보아도 십오 년 전과 지금은 꽤 다르다. 베트남만 해도 십오 년 전까지는 아직 남북으로 갈라져 있었다. 아랍연합공화국 부근에서도 몇몇 나라의 이름이 바뀌었다. 그렇다고 그때마다 곧장 지도를 새로 사는가 하면 그렇지는 않고, 대개는 여전히 옛날 지도를 계속 사용한다. 세계지도란 원래 그리 자주 쓰이는 게 아니고, 다행인지 불행인지 베트남이나 아랍연합공화국 주변의 어느 조그만 나라를 특별히 자세하게 찾아볼 기회는 거의 없기 때문이다.

　지도가 그런 형편이니 오십 권 세트로 된 백과사전쯤 되면 평

생 동안 몇 번이나 바꾸는 성실한 인간이 그리 많을 것 같지 않다. 백과사전을 출판하는 출판사가 경영 부진에 허덕인다니 알만하다.

나는 번역 작업을 할 때 대 중 소 세 종류의 영일사전과 두 종류의 영영사전을 책상 위에 늘어놓고 경우에 따라 나눠 사용하는데, 그중 겐큐샤에서 나온 『신 간약 영일新簡約英日』이라는 사전이 있다. 고등학교에 입학했을 때 산 것인데, 그후 이십 년 가까이 쓰면서 손에 무척 익숙해졌다.

다만 곤란하게도 이 사전 한가운데쯤의 네 페이지 정도가 빠지고 없다. 뭐 사전에 결함이 있었던 건 아니고, 내가 부주의해서 잃어버린 것이다. 그래서 늘 같은 사전을 새로 사야지 생각은 하는데, '2150쪽 중 고작 4쪽이 없을 뿐인걸' 하고 흐지부지 넘어가는 사이 없다는 사실을 깨끗이 잊어버리고는, 몇 달에 한 번쯤 '아, 맞다, 여기 없지 참!' 하게 된다.

별로 돈을 아끼려는 것도 아닌데, 사전을 바꾸는 일에는 정말로 용기가 필요하다.

사전 이야기 (2)

사전에는 흔히 삽화가 들어 있다. 나는 그 삽화를 무척 좋아한다. 삽화라지만 여기에선 딱히 독자를 즐겁게 해주려는 목적이 아니라, 어디까지나 어휘의 의미를 독자에게 정확하게 전달하기 위한 것이다.

예를 들어 겐큐사의 『신 간약 영일』의 'pergola'라는 항목을 보면 '덩굴이 타고 올라가게 만든 정자'라는 해석이 나와 있다. 그러나 이것만으로는 이미지가 명확하게 떠오르지 않는다. 그래서 그 옆에 실제로 'pergola'의 그림이 그려져 있는 것이다. 그 그림을 보면 기둥이 둥그렇고, 등나무 넝쿨 아래 벤치가 있고, 바닥에는 돌이 깔려 있음을 알 수 있다. 벤치에는 젊은 남녀가 걸터앉아 서로 손을 맞잡고 있다. 남자 쪽이 비교적 적극적인

사방침

오리너구리

제도용 자   저인망   전갈   여러 가지
사전 삽화

다카시마다
머리

바늘꽂이

빙어   중산모자

편이고, 여자도 별로 싫지 않은 듯 눈으로 아스라하게 답하고 있다. '저, 이상한 짓 안 할 테니까, 같이 좀 눕지 않으렵니까?' 하는 분위기가 감돈다.

그런 분위기가 'pergola' 고유의 것인지 아닌지는 잘 모르겠지만, 여하튼 사전에 실려 있는 그림은 재미있다.

그렇다면 차라리 사전을 전부 그림으로 만들면 어떨까 하는 발상에서 생겨난 것이 옥스퍼드 두덴의 『도해 영일사전』(후쿠다케쇼텐 발행)이다. 나도 며칠 전에 샀는데, 팔랑팔랑 페이지를 넘겨보는 것만으로도 상당히 흥미로운 책이다.

부분적으로는 꽤 현대적인 것도 있어 디스코나 누디스트 클럽의 그림 같은 것도 빠짐없이 실려 있다. 굉장하죠.

더더욱 굉장한 부분은 318쪽에 나오는 '나이트클럽'으로, 이 일러스트는 암만 봐도 유무라 데루히코 풍이다. 그리고 지금 막 brassière를 푼 stripper를 잡아먹을 듯 뚫어지게 바라보는 색골스러운 손님은 또 암만 봐도 이토이 시게사토 씨 같다. 거짓말이라고 생각하는 사람은 서점에 가서 확인해보세요. 덧붙여서 일러스트레이터는 JOCHEN SCHMIDT라는 이름의 엄연한 외국인인 듯합니다.

여자에게 친절을 베푸는 일에 대하여

최근 들어 여자한테 친절을 베푸는 건 정말 힘든 일이라는 생각이 절실하게 든다. 나는 올해 서른네 살이고, 보통 남들이 하듯이 여자를 대해왔다고 생각하는데, 나이를 먹으면서 여자한테 친절을 베푼다는 게 얼마나 어려운 일인가를 뼈에 사무치도록 깨닫게 되었다.

미리 말해두지만 단순히 여자한테 친절을 베푸는 것은 그렇게 어렵지 않다. 집에 바래다주거나, 짐을 들어주거나, 센스 있는 선물을 하거나, 입은 옷을 칭찬하거나, 그런 것은 고등학생이라도 할 수 있다. 내 말은 그러면서도 상대방이 "하루키 씨는 정말 친절하군요"라고 말하지 않게 만드는 테크닉이 어렵다는 것이다. 왜 여자가 "친절하군요"라고 말하게 해선 안 되는지 설명

하는 것은 무척 어렵다. 이런 느낌은 나이가 들지 않으면 모르지 않을까.

나도 옛날에는 여자에게 친절을 베푸려다 늘 실패만 했다. 지금도 똑똑하게 기억하는 것은 열일곱 살 때 일이다. 그 무렵 나는 매일 한큐 전철을 타고 고베에 있는 고등학교에 다녔는데, 어느 날 아침 아시야가와역에서 종이봉투가 전철 문에 끼어 당황하고 있는 귀여운 여학생을 발견했다. 이런 기회를 놓칠 수는 없었다. 그래서 곧장 달려가 "잡아당겨줄게요" "아, 고마워요" 해서 거기까지는 좋았는데, 내가 힘껏 잡아당기자 종이봉투가 둘로 쫙 찢어지면서 안에 든 것이 선로 위에 흩어지고 말았다. 이런 경우는 무척 난감하다. 그 이상 친절을 베풀 여지가 없는 것이다. 그래서 "아, 음, 저, 미안합니다" 하고는, 뒷일은 역무원에게 맡기고 도망쳐버렸다.

벌써 십칠 년 전 일이지만, 그때 고난 여자고등학교의 학생, 정말 미안합니다. 악의는 없었어요.

훌리오 이글레시아스가 뭐가 그리 좋단 말이냐! (1)

　내 주변에는 어찌된 판인지 얼굴만 보고 남자를 좋아하는 여자가 많다. 개인적으로는 서른이 넘어 남편까지 있는 주제에 무슨 미남을 따지냐 싶지만, 마음이 약해서 그런 말을 입 밖에 내지는 못한다. 속으로만 생각할 따름이다.

　나는 그런 유의 여자들에게 훌리오 증후군이란 명칭을 붙였다.

　모 출판사의 내 담당 여자 편집자도 훌리오병 환자 중 한 사람이다. 그녀는 훌리오를 좋아하기 전에는 이브 몽탕의 팬이었는데, 이브 몽탕이 일본에 왔을 때는 와병중인 남편의 현금카드에서 아무 말 없이 2만 엔을 인출해서는 티켓을 사고, 혼자 콘서트장에 가서는 '이제 남편 따위 어떻게 되든 상관없다'며 감동의 눈물을 흘렸다는 대단한 사람이다. 그래서 아마 그렇게 되지 않

을까 걱정했더니, 아니나 다를까 최근에는 훌리오 이글레시아스의 팬이 되었다.

"있잖아요, 무라카미 씨. 훌리오는 연 수입이 몇백억에, 자가용 비행기도 있는데다, 별장 같은 것도 한 다스쯤 있고, 전세계에 애인이 몇십 명이나 되고, 게다가 굉장한 엘리트라고요. 어때요, 부럽죠?" 그녀는 이렇게 말한다.

환경이 천양지차이니 그런 말을 들어봤자 전혀 부럽고 자시고 할 게 없다. 전세계에 몇십 명이나 되는 애인이 산재한다니, 이름을 기억하는 것만으로도 뼈가 빠지겠다. 나 같은 사람은 마누라 하나밖에 없는데도 혹시 잠꼬대를 하다가 옛날 애인 이름을 주절대지나 않을까 해서 부들부들 떠는 형편인데, 훌리오는 잘도 해낸다 싶다. 꼼꼼한 성격이겠죠, 틀림없이.

　그녀는 만약 훌리오가 접근하기라도 하면 바로 홀딱 넘어갈 거라고 한다. 그래서 훌리오의 애인 몇십 명 중 하나가 되어 일 년에 5천만 엔 정도의 수당을 받겠다고. 그래도 일 년에 5천만 엔을 다 쓸 수는 없으니까, 그중 천만 엔 정도는 지금의 남편에게 송금해주겠다고 한다. 이런 여자를 정숙하다고 해야 할지 어떨지 나는 모르겠다. 세상의 보통 주부들이 무슨 생각을 하며 살고 있는지는 내 상상력 밖의 일이다.

훌리오 이글레시아스가 뭐가 그리 좋단 말이냐! (2)

어째서 훌리오 이글레시아스가 이리도 열렬한 인기를 얻고 있는가는 일고의 가치가 있는 문제다. 물론 외모 탓도 있다. 전형적인 라틴계 지골로의 얼굴이니까 말이다. 그리고 기가 찰 정도로 어마어마한 선전의 탓도 있다. 그러나 뭐니뭐니해도 훌리오가 성공한 가장 큰 비결은, 그가 사상적으로 100퍼센트 텅텅 비었기 때문이 아닌가 하고 나는 생각한다.

물론 훌리오 외에도 사상적으로 백치가 아닐까 추측되는 대형 가수는 얼마든지 많다. 프랭크 시내트라나 미소라 히바리에게도 그다지 고매한 메시지가 있는 것 같진 않다. 하지만 그럼에도 그들의 노래에는 꾸밈없는 자연스러운 무언가가 스며 있다. 그에 비해 훌리오의 경우는 '머리가 텅 비었음 → 노래도 텅 비

여기 무라카미 하루키란 작자가 훌리오 님 애길 안 좋게 썼어요

그 남자라면 그럴 거야

너무하네

훌리오 님

훌리오 님

훌리오 팬의 모임

었음'이라는, 그 나이대 가수로서는 경이로운 경지에 도달해 있
는 터라, 그런 유의 명쾌함이 중년 여성들에게 '좋고말고!' 하며
받아들여지는 게 아닐까.

　이런 경향이 바람직한 것인지 몰상식한 것인지 나는 알 수 없
다. 그래봤자 음악일 뿐이니 좋지도 나쁘지도 않을 것 같다. "콜
트레인을 모르다니 한심하군" 하는 인간들이 거리를 방황하던
시절에 비하면 자기 자랑을 하지 않는 것만으로도 나름 괜찮은
건지도 모르겠다. 모두들 저마다 자기가 좋아하는 음악을 들으
면 그만인 것이다.

　그러나 나의 개인적인 감상을 피력하자면, 저 훌리오 이글레
시아스란 인간은 진짜 불쾌하다. 지금까지의 경험으로 보아 그

런 두루뭉술한 얼굴을 가진 남자 중 제대로 된 인간은 없다. 길에서 지갑을 주워도 파출소에 갖다주지 않을 타입이다. 그런 작자는 한 오 년쯤 도쓰카의 요트 학교에 집어넣는 게 좋을 텐데 싶지만, 분명 요령이 좋으니까 도중에 코치 같은 게 되어서는 타인을 쥐어박는 쪽으로 변모할 게 틀림없다. 그런 남자다.

내가 이런 발언을 하면 훌리오 증후군 여자들은 악의에 찬 말투로 "흥, 무라카미 씨야 그렇게 생각하시겠죠"라고 한다. 그런 말을 들으면 왠지 내가 일부러 미남을 싫어하는 것처럼 느껴진다.

산세도 서점에서 생각한 것

며칠 전 간다의 산세도 서점에서 책을 사는데 계산대 옆에 내가 쓴 책을 들고 선 여자가 있었다. 그 사람이 산 두 권의 책 중 하나가 내 책이었던 것이다. 나머지 한 권이 뭐였는지도 봐두었는데 지금은 도무지 생각나지 않는다. 책의 저자라는 인간들은 자기 책이 다른 어떤 종류의 책과 더불어 구매되는가에 상당한 흥미를 느끼는 법이다. 그래서 그 가상 이웃의 이름을 생각해내려고 머리를 쥐어짜봤지만 아무리 해도 떠오르지 않는다. 이상한 일이다.

서점에서 누군가가 자기 책을 사는 광경을 목격하는 것도 이상하다면 꽤 이상한 일이다. 내가 처음으로 소설을 썼을 무렵 출판사 사람이 "자기 책을 사는 사람을 서점에서 발견하면 그건

베스트셀러라고 봐도 좋죠"라고 해서, 으음, 그런가, 하며 감탄했던 적이 있다. 어쩐지 바퀴벌레나 흰개미 같은 얘기다. 하기야 나는 그리 자주 서점에 드나드는 인간이 아니라, 그런 광경을 보기는 처음이었다.

솔직히 말해 누가 자기 책을 사는 모습을 보는 것은 기쁜 일이다. 책이란 누군가가 읽어주지 않으면 말짱 헛것이니까, 책이 팔린다고 화를 낼 작가는 한 사람도 없을 것이다. 그러나 무턱대고 기쁜가 하면 그런 것도 아니고—잘난 척할 생각은 없지만—그 뒤에는 왠지 모를 서글픔이 남는다. 뭐랄까, 부적합한 예일지도 모르겠는데, 자기 누드 사진이 실린 잡지가 팔리는 것을 바라보는 여자의 심경과도 비슷하지 않나 하고 나는 생각한다.

그건 그렇고 내가 아는 여자 중 몇 사람도 무슨 남성지의 핀업에 실린 적이 있다. 호, 그 여자가! 하고 의아하게 생각할 만한 사람도 미련 없이 벗어던졌다. 하지만 나는 그녀들의 누드 사진을 보지는 못했다. 그 이유는 당사자가 잡지가 나오고도 석 달쯤이나 지나서야 겨우 "실은 저 말이죠……" 하고 밝혔기 때문이다. 그건 좀 너무하지 않았나란 생각이 든다.

대담에 대하여 (1)

일본의 잡지에는 정말 대담이 많다. 나는 외국잡지 중 〈롤링스톤〉과 〈뉴요커〉 〈에스콰이어〉 〈라이프〉 정도는 대충 훑어보는데, 내가 기억하는 한 이런 잡지에서는 대담 기사를 본 적이 없다. 한 번쯤 있었을지도 모르지만 전혀 인상에 남아 있지 않으니 없었던 거나 마찬가지다.

그렇다면 왜 미국에서는 대담이란 형식이 별로 쓰이지 않고, 반면 일본에서는 폭발적으로 유행하는 것일까? 이건 어디까지나 나의 상상인데, 미국에 대담이란 장르가 없는 까닭은 그만큼 미국인이 대화에 엄격한 태도를 견지하기 때문이 아닐까 한다.

그래서 일본인처럼 상대방의 말이 무슨 소리인지 잘 이해가 안 가면서도 "음, 그런 점도 이해할 수 있을 것 같군요"라는 둥

미국의
대담 풍경

어물쩍 넘어가지 않고, 좀더 파고들어 "당신이 하고자 하는 애기를 구체적인 예를 들어 좀더 자세하게 설명해주면 좋겠다"는 식으로 나올 테고, 그러면 이야기가 하염없이 길어져 주어진 지면에 다 수록하지 못할 지경에 이른다. 그런 점에서 일본인은 역시 요령이 좋아 잡담이 일단락되면 "그럼 이쯤에서 결론 비슷한 것을 내볼까요" "그러죠" 하며 제법 매끄럽게 끝낸다. 과연 수습에 능한 국민성이다.

또 하나 일본적인 현상은 대담 교정지에 빨간 글씨가 난무하는 것, 요컨대 애기한 내용을 나중에 정정하는 것이다. 누구 한쪽이 먼저 자신이 말한 부분을 정정하고, 그다음에 다른 한쪽이 먼저 고친 사람에게 맞추어 자기 대사를 정정한다. 이럴 때의 호

174

흡도 꽤 까다로워서 "아, 먼저 하시죠" "그럼 그럴까요" 하는 식인데, 생각해보면 이렇게 미묘하고 골치 아픈 일을 미국인이 해낼 리가 없다. 일본의 특산품이 도요타와 파나소닉만은 아닌 것 같다.

대담에 대하여 (2)

지난 회에 어째서 일본의 잡지에는 대담이 많고 미국의 잡지에는 적은가—아니, 거의 없는가—에 대해 썼는데, 오늘도 이어서.

현실적인 얘기를 하자면 대담의 개런티는 그다지 높지 않다. 거장의 경우라면 잘 모르겠지만 나 정도 수준에선 별 볼일 없다. 대신 비교적 푸짐한 식사를 대접받을 수는 있다. 푸짐한 식사란, 스스로 돈을 내면서는 먹을 엄두가 안 나는 식사를 일컫는다. 술도 나온다. 술이 모자란다 싶은 사람에게는 이차도 마련돼 있다. 그런 대접으로 낮은 개런티를 보충하는 셈이다.

출판사 사람들의 지론에 의하면 작가란 고금을 막론하고 대개 궁핍한 인종들이라 대담 때가 아니면 맛있는 음식을 구경조

이런,
날카롭군요

자,
그럼 이만
결론을
내볼까요,
핫핫핫

그럼 이제
두 분이서

일본인의 대담 풍경

차 하기 힘드니까, 차제에 작가에게도 사치스러운 기분을 만끽하게 해주려는 편집자 측의 따뜻한 배려라는 것이다.

그런 얘기를 들으면 시이나 마코토 씨처럼 '흠, 그런가. 따뜻한 배려인가' 하고 감탄하기도 하지만, 그래도 나 같은 사람은 맥주와 튀김 메밀국수 정도로 족하니까 대신 개런티를 더 얹어달라고 하고 싶다. 더구나 따뜻한 배려 운운하면서 편집자도 제법 열심히 드시지 않습니까.

투덜투덜 불만을 털어놓다가 문득 생각한 건데, 이 분위기는 다름아닌 '맞선' 자리와 똑같다. 좀 고급스러운 레스토랑이나 요릿집 독실에서 처음 대면하는 두 사람을 편집자=중매쟁이가 소개한 후 잡담 따위를 조잘거리며 분위기를 누그러뜨린다. 그런 과정이 한차례 지나면 "그럼 이제 두 분이서 담소라도 나누시죠" 하는 단계로 들어간다. 이거야 두말할 것 없이 완벽한 맞선이다. 녹음기가 있느냐 없느냐의 차이뿐이다. 그리고 개중에는 대담에서 알게 된 남녀가 실제로 인연을 맺는 일도 있다 하니, 하물며 거기까지 이르면 말해 무엇하리. 그러나 나는 그런 행운을 만난 적이 한 번도 없다. 화가 난다.

그러나 그런 건 제쳐두고, 이렇게 "자, 적당히 얘기 나누시죠" 하는 방식도 미국인 편집자가 이해하긴 어려울 것이다.

내가 만난 유명인 (1)

나는 소위 유명인이라는 사람과 별로 마주친 적이 없다. 어째서인가 하면 그냥 단순히 내가 눈이 나쁘기 때문이다. 그 이상 깊은 의미는 없다. 눈이 나빠서 멀리 있는 사람의 얼굴은 잘 보이지 않는 것이다.

가까이 있는 경우라도, 나는 은근히 주변 상황에 부주의한 편이라 무심결에 그만 여러 가지를 놓쳐버리는 경우가 많다. 그래서 아는 사람들로부터 곧잘 "무라카미는 길에서 마주쳐도 인사를 안 한다"는 비난을 듣는다. 그런 까닭으로 유명인을 우연히 맞닥뜨려도 전혀 알아보지 못한 채 지나쳐버리고 만다.

그런데 내 아내는 실로 그런 것에 눈이 밝은 사람이라, 아무리 혼잡한 와중에도 어김없이 유명인의 존재를 캐치한다. 이런

재능은 천부적이라는 말로밖에 표현할 수 없지 않을까 싶다. 그
래서 그녀와 함께 있다보면 "아, 방금 나카노 료코랑 스쳤다"라
든가 "저기에 구리하라 고마키가 있어"라고 가르쳐주곤 하지만,
내가 "응? 어디어디?" 하고 둘러볼 즈음에는 모두 어딘가로 사
라져버리고 없다.

심할 때는 "아까 찻집에서 당신 옆에 야마모토 요코가 앉아
있었잖아" 하는 경우도 있다. 그런 건 그때 슬쩍 가르쳐주면 좋
을 텐데.

곰곰 생각해보면 야마모토 요코의 맨얼굴을 본다는 것에 얼
마만한 가치가 있나 싶기도 하지만, 그래도 한편으로는 역시 놓
쳐서 '손해를 봤다'는 아쉬움이 남는다. 이상한 일이다. 다음 회

부터는 내가 지금까지 만났던 많지 않은 유명인에 대해 써보려고 한다.

그건 그렇고 이바라키현 니하리무라에 사는 아라카와 마사히코 씨, 지적하신 대로 6월 5일 신주쿠의 '비자르' 앞에서 당신이 본 사람은 제가 맞습니다. 곁에 있던 여자는 다행히도 내 아내였습니다. 당신의 편지를 읽고 순간 가슴이 철렁했지만, 역시 아내입니다.

내가 만난 유명인 (2)

대학생 시절, 신주쿠에 있는 조그만 레코드 가게에서 아르바이트를 했다. 대략 1970년쯤이 아니었을까 싶다. 아무튼 그랜드 펑크 레일로드가 방일해 고라쿠엔에서 콘서트를 연 해다(아, 그립다). 그 레코드 가게는 무사시노 영화관 건너편에 있었는데 지금은 팬시점으로 바뀌었다. 당시에는 아직 무사시노 영화관이 없었다. 옆 빌딩 지하에는 'OLD BLIND CAT'이라는 재즈 바가 있어서 일하는 틈틈이 곧잘 거기에서 술을 마셨다.

한번은 내가 일하는 레코드 가게에 엔카 가수 후지 게이코 씨가 들어온 적이 있었다. 그러나 그때 나는 그 사람이 후지 게이코인 줄은 전혀 상상도 못했다. 그다지 눈에 띄지 않는 검은색 코트를 입고, 얼굴에 화장기도 없고, 아담한 몸집에, 어딘지 소

박한 느낌이었다.

지금 젊은이들은 잘 모르겠지만, 당시의 후지 게이코는 혜성처럼 나타나 연달아 히트곡을 내며 시대에 한 획을 그은 슈퍼스타였다. 지금의 야마구치 모모에 정도까진 아니겠지만 혼자서 부담 없이 신주쿠 거리를 거닐 수 있는 존재가 아니었다. 그런데 그녀는 매니저도 없이 혼자서 훌쩍 내가 일하는 레코드 가게에 들어와서는, 아주 죄송스럽다는 표정으로 "저, 잘 팔려요?" 하고 방긋 웃으며 물었다. 무척 인상이 좋은 웃음이었지만 나는 무슨 영문인지 잘 몰라 안으로 들어가 주인을 데리고 나왔다.

"아, 잘 나가고 있습니다"라고 주인이 말하자 그녀는 또 방긋 웃으며 "잘 부탁드려요" 하고는 신주쿠의 혼잡한 밤거리 속으로 사라져갔다. 주인의 얘기로는 그런 일이 전에도 몇 번 있었다고 한다. 그 사람이 바로 후지 게이코였다.

그런 연유로, 나는 엔카를 전혀 듣지 않지만 지금까지도 후지 게이코라는 가수를 아주 인상이 좋은 사람으로 기억하고 있다. 다만 이 사람은 자신이 유명인이라는 점에 평생 익숙해질 수 없지 않을까 하는 느낌을 받았다. 그후에 이혼을 하고 이름도 바꾸었다는 풍문을 들었는데, 아무쪼록 열심히 살아주었으면 한다.

내가 만난 유명인 (3)

소설가 요시유키 준노스케라는 사람은 우리 젊은 신인 작가들에게 꽤나 외경스러운 인물이다. 그러나 요시유키 씨가 왜 외경스러운지에 대해서는 이상하게 설명을 잘 못하겠다. 그 외에도 유명한 작가나 훌륭한 작가는 하늘의 별처럼(……그렇지도 않나) 많은데, 신기하게도 유독 요시유키 씨만 외경스러운 느낌이 든다.

요시유키 씨는 내가 한 문예지에서 신인상을 받았을 때의 심사위원이라 일단은 은혜를 입은 입장이기도 해서, 어디서 만나면 항상 예의바르게 인사를 한다. 그러면 "아, 요전번에 자네가 쓴 글 상당히 재미있었네"라든가 "요즘엔 눈이 안 좋아서 책을 못 읽지만, 음, 열심히 하게나" 하고 말해준다. 그러나 항상 그렇

거짓말 꺅 요시유키 준노스케 씨

게 친절한가 하면 그렇지도 않고, 다른 사람이 조금이라도 불필
요한 말을 꺼내거나 하면 "자네, 그건 별거 아닌 일일세" 하거나
"아, 촌스러운 얘기는 그만두지"라는 둥의 말을 아무렇지도 않
게 내뱉고는 저쪽으로 가버린다. 그런 타이밍의 절묘함이 외경
스럽다고 할까, 이쪽이 삼가 긴장하게 되는 요인이다.

그래서 나는 요시유키 씨 근처에 있을 때면 자진해서 먼저 말
을 꺼내는 일이 없다. 원래도 사람 앞에 서면 말수가 적어지는
편이므로 이런 침묵은 전혀 고통스럽지 않다. 오히려 편하다. 결
국 나는 지금껏 네 번 정도 요시유키 씨와 술자리를 같이했으면
서도, 무슨 얘기를 나눈 기억은 별로 없다.

그런데 그런 자리에서 요시유키 씨가 무슨 얘기를 하느냐 하

면, 그게 또 정말 어쨌든 상관없을 무익한 얘기를 하염없이 늘어놓는다. 무익한 얘기가 무익한 우여곡절을 거쳐 한층 무익한 방향으로 흐르고, 그러면서 밤이 깊어간다. 나 역시 꽤나 무익한 편이지만 아직 젊으니까 그렇게까지 무익해지진 못한다. 늘 감탄하고 만다. 그런 얘기를 장황하게 늘어놓으면서 호스티스의 젖가슴을 슬며시 만지는 것 또한 대단하다. 역시 누가 뭐래도 외경스러운 존재다.

내가 만난 유명인 (4)

　야마구치 마사히로 씨는 딱히 유명인은 아니지만 유명함의 한가지 전형을 보여주고 있음은 분명하므로, 이 글에서 특별히 거론해보기로 한다.

　야마구치 마사히로(이하 경칭 생략)는 무사시노 미술대학 상업디자인과 출신으로, 학생 시절 내가 고쿠분지에서 운영하던 재즈 카페에서 아르바이트를 했다. 야마구치는(점점 경박하게 부르게 된다) 질이 나쁜 사내는 아니지만 딱 잘라 말해 무능에 가까운 종업원이었다. 일도 거의 하지 않고, 술도 종업원 할인 가격에 마시면서 외상을 그었고, 미술적 재능도 없어 성적도 나쁘고, 여자한테도 인기가 없었다. 그 야마구치에게서 며칠 전 우리집으로 전화가 걸려왔다. 어차피 거지 신세를 면치 못하고 있

무라카미 씨 잘 지내시나요. 그때는 신세 많이 졌습니다.
저는 지금 이토이 씨 등과 함께 소나 후지 산이 나오는 CF를 만들며
열심히 살고 있습니다. 꼭 봐주세요. 다음에 또 뵙고 싶어요.

인간
이라면
좋았을걸

다계의귀재야마구치 마사히로

겠거니 하며 얘기를 듣고 있자니, 웬걸 현재 '학생원호회'의 광고를 만드는 회사에 다닌다는 것이다. '학생원호회'라면 다름아닌 이 〈일간 아르바이트 뉴스〉를 펴내고 있는 버젓한 회사다. 그래서 "거기서 뭘 하는데?" 했더니 "광고를 만들고 있죠, 뭐"란다. 대단한 출세다.

"저 하루키 씨, 왜, 그 소가 나오는 텔레비전 광고 있잖습니까. 그걸 말이죠, 이토이 씨 같은 사람들하고 내가 만들었다고요." 야마구치는 말했다.

우리집에는 텔레비전이 없으니까 그런 얘기를 해도 무슨 소린지 도통 알 수가 없다. 대체 뭣 때문에 〈일간 아르바이트 뉴스〉 CF에 소가 나온단 말인가?

"그럼 말이죠, 후지산이 학생복을 입고 짜잔 나와서 인간이라면 좋았을걸, 하는 것도 모릅니까?" 텔레비전이 없으니 그런 걸 알 턱이 없다고 하잖느냐!

야마구치 마사히로는 낙담한 듯 맥이 풀려 전화를 끊었다.

이 이야기의 교훈은 무엇인가?

①내가 관심이 없는 분야에서 아무리 유명하다 한들 알 바 아니다.

②무사시노 미술대학의 성적 평가는 신용할 수 없다.

야마구치 군, 다음에도 또 진구 구장의 박스석 티켓 주세요.

책 이야기 (1)

〈일간 아르바이트 뉴스〉의 탁월성에 대하여

우리집에 책이 너무 많아져서 며칠 전 책장을 새로 사들였다. 직업상 어쩔 수 없다지만 책이란 가만 놔둬도 점점 늘어나게 마련이다. 짜증이 나서 삼분의 일 정도는 팔아치우기로 하고 아침부터 선별 작업에 착수했는데, 막상 처분하려니 '이건 이제 절판된 책이고' '또 언제 읽을지도 모르니까' '팔아봤자 헐값일 텐데' 하는 생각이 들어 도무지 수가 줄지 않는다.

제일 화가 나는 것은 신간 하드커버 원서를 사두었는데 아직 읽지도 않은 사이 번역본이 잽싸게 나와버린 경우다. 번역본이 있는데 힘들게 영어로 읽을 기분도 나지 않고, 영어 원서 따위 팔아봐야 돈도 안 되니, 이럴 땐 정말 울고 싶어진다.

그리고 보관해두면 나중에 도움이 될지 안 될지 잘 분간이 안

가는 잡지도 처치곤란이다. 예를 들어 〈유레카〉나 〈키네마 준보〉 〈뮤직 매거진〉 〈미스터리 매거진〉 〈스튜디오 보이스〉 〈광고비평〉 같은 것은 버리고 나면 나중에 후회할 것 같아 그냥 놔두지만, 아직까지 도움이 된 적은 별로 없다.

그러나 아무 생각 없이 보관해두었던 오하시 아유미 시절의 〈헤이본 펀치〉 삼십 권이나 〈영화예술〉 삼 년 치, 창간 당시의 〈앙앙〉 오십 권 등은 지금도 제법 유용하게 써먹고 있으니 정말 판별하기가 힘들다. 이런저런 사정으로 잡지가 차지하는 공간도 무시할 수 없다.

〈가정화보〉는 요리 코너를 좋아해서 보관하고 있지, 〈에스콰이어〉 〈뉴요커〉 〈피플〉은 일에 필요하니까 쌓아두지…… 이렇게 생각하다보면 정말 짜증이 난다. 딱히 물욕이나 소유욕이 왕성한 것도 아닌데 어째서 이렇게 물건이 늘어나는 건지!

그런 점에서 〈일간 아르바이트 뉴스〉나 〈피아〉 같은 정보지는 정말이지 부담이 없다. 그 기간이 지나면 아무 미련 없이 획 내버릴 수 있으니 말이죠.

책 이야기 (2)

독수리는 토지를 소유하는가?

간다 헌책방 골목에 내가 잘 가는 외국 서적 전문 헌책방이 있다. 이곳의 좋은 점은 모든 책이 마구잡이로 뒤섞여 있고, 희귀본이든 쓰레기 같은 책이든 전부 균일가로 책정되어 있다는 점이다. 최근에는 이렇게 사심 없는 가게들이 몽땅 자취를 감춰버려 서운할 따름이다. 특히 중고 레코드 가게가 그런 경향이 심해서, 조금이라도 희귀하다 싶으면 터무니없이 비싼 가격이 매겨져 있곤 한다.

옛날에는(그래봐야 십 년하고 조금 전이지만) 이렇지 않았다. 예를 들어 중고 가게 구석에 굴러다니는 맬 왈드런의 〈Left Alone〉 오리지널이나, 텔로니어스 멍크의 보그 10인치 오리지널 같은 것을 잘 찾아내어 천 엔에 살 수 있었다. 그런 것을 찾아

내는 게 취미라 학생 시절에는 온 도쿄에 있는 레코드 가게를 순례했지만, 요즘에는 그런 '횡재'를 낚는 횟수가 부쩍 줄어들었다. 희망이 없다.

이런 점에서 간다에 있는 그 중고 외서 가게는 아직 정상적인 가격으로 흥미로운 것들을 살 수 있는 귀중한 곳이다. 오래전부터 있었던 유명한 가게라 헌책을 좋아하는 사람은 다 안다. 단 이 헌책방은 책을 장르별로 가지런하게 정리해놓지 않고 뒤죽박죽 아무렇게나 꽂아놓거나 쌓아둔 터라, 원하는 책을 찾아내기가 심히 어렵다. 특히 몇천 권이나 되는 페이퍼백의 책등을 살피는 일은 그다지 시력이 좋지 못한 인간에게 고행 외의 그 무엇도 아니다. 그래도 나는 그 서점에 들어서면 한 시간 정도는 심심치 않게 시간을 보낼 수 있고, 덕분에 다른 서점에서는 구할 수 없는 귀한 책들을 꽤 많이 찾아냈다.

단 이 서점 주인이 손수 만든 띠지에 쓰여 있는 일본어 제목만은 신용하지 않는 게 좋을 듯하다. 『THE EAGLE HAS LANDED(독수리는 내려앉았다)』*란 제목이 『독수리는 토지를 소유하고 있었다』로 되어 있으니, 잭 히긴스도 이걸 보면 깜짝 놀랄 것이다. 하지만 뭐 그런 웃음거리가 있어 내 쪽도 심심치 않지만.

---

* 국내에는 『독수리는 날개치며 내렸다』로 소개되었다.

책 이야기 (3)

외상으로 책 사기에 대하여

어린 시절 외상으로 책을 사는 것만큼 사치스러운 일도 없었다고 나는 생각한다.

우리집 형편은 아주 평범한 편이었는데, 아버지가 책을 좋아한 덕분에 내가 동네 서점에서 갖고 싶은 책을 외상으로 살 수 있도록 허락해주셨다. 물론 만화나 주간지는 안 되고 올바른 책만이다. 그러나 어쨌든 좋아하는 책을 외상으로 살 수 있다는 것은 아주 신나는 일이었고, 덕분에 어느 누구 못지않은 독서소년이 되었다.

요새 이런 얘기를 하면 다들 하나같이 놀라는데, 내가 자란 동네에서는 아이가 외상으로 책을 사는 게 그리 드문 일이 아니었다. 당시 내 친구 중에도 그런 애가 몇 명 있어서 서점 계산대에

서 "미도리가오카에 사는 ○○인데요, 외상으로 해주세요"라고 말하는 장면을 종종 목격했다. 그러나 그런 특권을 부여받은 아이가 모두 독서광이 되는가 하면 그렇지도 않으니 불가사의하다. 불가사의하지요?

옛날 얘기를 계속하자면, 당시(1960년대 초반) 우리집은 가와데쇼보에서 출간한『세계문학전집』과 주오코론샤에서 나온『세계의 역사』를 매달 한 권씩 서점으로 배달되도록 주문해서, 나는 그것을 한 권 한 권 읽으며 십대를 보냈다. 덕분에 나의 독서 범위는 지금까지도 온통 외국문학 일색이다. 소위 세 살 버릇 여든까지 간다고 하듯이, 사람의 취향은 대개 최초의 인연이나 환경에 의해 결정되고 만다. 만약 당시 우리집에서 주문했던 책이 『일본문학전집』과 『일본의 역사』이고 처음 읽은 책이 시마 자키 도손의 『파계』였다면, 나는 지금쯤 딱딱한 리얼리즘 소설을 쓰고 있을지도 모르겠다. 그렇게 생각하면 인생이란 참 기묘하다.

어른이 된 뒤로는 외상으로 책을 산 적이 없다. 마음먹으면 신용카드로 살 수도 있지만 웬지 내키지 않아 현금으로 지불한다. 역시 "××동에 사는 무라카미인데요, 외상으로 해주세요"라는 말이 자연스럽게 나오지 않으면 기분이 내키지 않는 것이다.

책 이야기 (4)
사인회 단상

　새 책이 나오면 어김없이 서점에서 사인회를 하자는 제의가
들어오는데, 나는 이 사인회라는 것을 지금껏 한 번도 해본 적이
없다. 사인하는 걸 딱히 싫어하진 않지만 좌우지간 귀찮고 부끄
럽다는 명분으로 사인회만은 하지 않는다.

　하지만 다른 작가들의 사인회 현장을 구경하는 것은 싫지 않
아서, 멀찍이서 바라보며 '제법 좋은 구두를 신었군'이라든가
'글자 가지고 되게 멋부리네' '사진보다 훨씬 늙었잖아' 하는 쓸
데없는 생각들을 한다. 그러면서 책은 사지 않는다. 스스로도 참
너무하다고 생각한다. 뒤집어 말해, 그런 신세가 되고 싶지 않기
에 나는 절대로 사인회를 하지 않는 것이다. 사인회라는 존재 자
체에 비판적이거나 그런 건 결코 아니다.

사인회를 하는데 사인을 청하는 독자가 안 오는 것만큼 민망한 일도 없다. 팬들이 기노쿠니야 서점 둘레를 일곱 바퀴쯤 에워싸고 기다리는 정도라면 문제가 다르지만, 만사가 그리 쉽게 풀리지는 않는다. 무라카미 류 씨조차 "그게 말이지, 한동안 줄이 끊길 때가 있거든" 하는 정도니까, 하물며 다른 작가들은 말해 무엇하랴. 시부야에 있는 세이부 백화점 서점에서 내가 목격한 사인회를 예로 들자면, 이십 분 동안 단 한 명의 독자도 오지않은 모 작가가 있었다. 그 건너편에서는 만화가 다케미야 게이코의 사인회가 열리고 있었는데 그쪽은 밀치고 떠밀리고 야단법석이다. 얼마 안 있어 모 작가도 따분해진 듯 다케미야 게이코쪽을 기웃기웃 살피는데, 옆에서 보고 있자니 정말 불쌍했다. 이런 상황에만은 절대로 놓이고 싶지 않다고 절실하게 생각한다.

그리고 사인본 얘기인데, 가령 헌책방에 내 사인본을 팔러 가면 가격을 비싸게 쳐주는가 하면 그런 일은 결코 없다. 헌책방 아저씨에게 들은 얘기로는 사인이 되어 있어서 값이 오르는 책은 기껏해야 엔도 슈사쿠, 가이코 다케시 세대까지고, 그뒤 세대 젊은 작가들의 서명 따위는 낙서나 다름없다고 한다. 낙서라니 그 또한 섬뜩하다.

약어에 대하여 (1)

　얼마 전에 아내와 비행기 얘기를 하는데 '보아크'란 말이 종종 튀어나왔다. 내가 모르는 말이라 뭔가 싶어 물어보니 놀랍게도 'BOAC'를 일컫는 것이었다. 애당초 'BOAC'라는 회사는 이미 없어지고 '브리티시 에어웨이'로 바뀐 지 오래지만, 그런 사실은 제쳐두고 'BOAC'를 '보아크'라고 읽는 것은 정말이지 언어도단이다. 어째서 'BOAC'를 보아크로 읽는 것이 언어도단인지는 좀 설명하기 곤란하다. 여하튼 그렇게 정해져 있는 것이다. 'BOAC'는 어디까지나 '비오에이시'다.

　내가 그렇게 말하자 아내는 "당신, 자꾸 그렇게 자질구레한 일에 잔소리를 늘어놓으면 나이들어서 사람들에게 미움을 받는다고"란다. 과연 그럴지도 모르겠다. 그러나 그녀가 'UFO'를

어이, 이렇게 쓰면
무라카미 영감한테 혼나

그
할아버지가
좀 까다롭지

CFO

반
상
회

'유포'로 읽거나 할 때마다 나는 늘 머리가 아프다. 'UFO'는 역시 '유에프오'다. 아무래도 '유포'가 좋다는 사람은 USA도 '유사'라고 읽어주십시오. 그렇잖습니까.

비행기 얘기로 돌아가서, 예를 들어 JAL이나 KAL은 각각 '잘' '칼'이라고 읽지만 TWA 같은 경우는 '트와'라고 읽지 않는다. 극동방송 FEN을 '펜'으로 읽는 사람도 간혹 있는데 그건 어째서일까? 미국인 중에 FEN을 '펜'으로 읽는 사람도 본 적이 없다. 잘은 모르겠지만 일단은 '에프이엔'으로 따로따로 읽어줘야 할 듯한 기분이 든다. 크게 힘든 일도 아니니까.

〈블루 선더〉라는 영화를 보면 신참 헬리콥터 경찰이 'JAFO'라고 새겨진 모자를 쓰게 되자, 사람들에게 "자포가 뭐의 약자야?" 하고 묻고 다니는 장면이 있다. 무슨 말의 약자인지는 영화를 보고 확인해주세요. 상당히 재미있는 영화니까.

약어에 대하여 (2)

영어 일본어 할 것 없이 최근에는 정말 약어가 많다. 사회가
복잡다양해짐에 따라 말도 그에 맞춰 길어졌기 때문에 아무래
도 생략할 수밖에 없는 것이다. 『현대용어 기초지식』 같은 책을
훑어보면 정말이지 뜻을 알 수 없는 약어투성이다. 취직을 앞둔
학생들은 그런 것들을 열심히 외우겠죠. 고되겠습니다.

근자의 약어 중 가장 빼어난 것은 'SALT'*가 'START'로 바뀐
것이다. 'SALT'가 영 순조롭지 못하니까 이쯤에서 심기일전해
새롭게 시작하자는 뜻이라도 담긴 느낌이다. 하기야 실제로는

---

* 전략병기제한협정(Strategic Arms Limitation Talks)의 약자. 1982년 전략병
기감축협정(Strategic Arms Reduction Talks)으로 바뀌었다.

너 제법
J.D.로구나

'START'로 바뀐 후에도 군축회의는 전혀 평탄하지 못하지만.

며칠 전 오랜만에 영화 〈청춘 낙서〉를 보고 있으려니 거기에도 약어가 넘치도록 많았다. 가령 I.D. 이건 물론 신분증명서 'IDENTIFICATION'의 약자다. 미국에서는 이 아이디가 없으면 술도 마실 수 없다. 〈청춘 낙서〉에는 여자애가 "술 마시고 싶다"고 하자 테리가 아이디 없이 술을 사러 가는 장면이 있다. 테리는 길을 지나가는 아저씨에게 "저, 실은 지난번 홍수 때 아이디를 잃어버려서요……"라며 대신 술을 사다달라고 부탁하는데, 아저씨가 대답하기를 "그것 안됐군. 나도 마누라를 잃었지. 이름이 아이디는 아니었지만 말이야" 한다. 이 부분은 제법 재치가 있다.

그리고 레이스광인 존이 교통경찰에게 위반 딱지를 받고는 화가 나서 조수석에 앉은 여자에게 "이 C. S. 거기다 쑤셔넣어 둬" 하고 말하는 대목이 있다. 그러자 여자가 "C. S.가 뭐의 약자야?" 하고 묻는다. 이 C. S.란 '치킨 시트Chicken Seat'의 약자다. 물론 존이 제멋대로 만들어낸 것이다.

그 조금 앞에 여자가 존을 향해 "너 제법 J. D.로구나" 하는 장면이 있다. J. D.란 불량소년의 약자. 영화를 성실하게 보는 것도 고생스러운 일이군요.

경찰 이야기 (1)
불심검문에 대하여

학생 시절에는 길을 걷다 툭하면 경찰에 잡혀 불심검문을 당했다. 어디에 사느냐, 어디에 가는 길이냐, 그런 질문이다. 당시에는 내가 왜 이런 질문을 받아야 하느냐, 내가 무슨 짓을 했다는 거냐 하고 공연히 버럭버럭 화를 냈는데, 언제부턴가 경찰에 잡혀 검문당하는 일이 싹 없어졌다.

내가 나이를 먹어 표정이 온화해져서인지 아니면 사회가 평화스러워져서인지 어느 쪽인지는 잘 모르겠지만, 불심검문을 당하지 않게 되니 또 그 나름대로 왠지 서운하다. 시간이 남아돌 때 경찰을 발견하면 '이쪽으로 와서 뭐라도 물어보지' 생각하는데, 경찰이란 신통하게도 그런 상대에게는 절대로 다가오지 않는다. 눈이 딱 마주쳐도 상대하고 싶지 않다는 투로 먼저 시선을

돌려버리는 것이다.

옛날 고이시가와에 살던 무렵, 병이 난 고양이를 가방에 넣어 동물병원에 데려가려다 근처 파출소 앞에서 불심검문을 당한 적이 있다. 마침 쓰지다 총감의 집이 폭파당한 이튿날*이라 그쪽도 신경이 곤두서 있는 듯, 세 명 정도가 타닥타닥 다가와 나를 에워싸고 "가방 열어봐" 하고 명령했다.

그러고 보니 병든 고양이를 넣은 가방을 껴안고 걷는 폼이 과연 폭발물을 운반하는 폼과 비슷하다. 이것참, 하고 난처해하며

---

* 경시청 총무부장 쓰지다 구니야스의 사택이 소포를 가장한 플라스틱폭탄으로 폭파된 사건. 1971년 12월 18일의 일이다.

"저, 실은 고양인데요" 했더니 여하튼 열어보라고 한다. 마지못해 가방을 열자 안에서 야옹 하며 고양이가 얼굴을 내밀었다. 그러자 "아, 고양이군" 하며 사태가 수습되었다.

그러나 사실인즉 고양이는 위장 수단일 뿐 그 밑에 진짜 플라스틱폭탄이……라면 스릴 있겠지만 그런 일은 없고, 진짜 고양이였습니다. 피스, 피스.

경찰 이야기 (2)
진술서에 대하여

옛날에 좀 그럴 만한 사정이 있어 경찰에 끌려가 진술서를 쓴 적이 있다. 그때 나를 담당했던 형사는 삼십대 중반쯤의 사내였는데, 어찌된 셈인지 얼굴 생김새가 폴 뉴먼과 꼭 닮았다. 그렇다고 특별히 핸섬하다는 건 아니고 그냥 세부적인 특징이 비슷할 뿐이었지만, 아무튼 닮았다.

게다가 그 형사는 VAN JACKET 풍의 흰색 버튼다운 셔츠를 입고 있었다. 폴 뉴먼을 닮은 형사가 버튼다운 셔츠까지 입었으니 이거야 완벽한 사우스브롱크스의 세계다. 지금 생각해도 그때 일은 실로 유니크한 체험이었다. 안자이 미즈마루 씨의 작품 『보통사람』에 나오는 경찰서 풍경과는 몹시 다르죠.

뭐 그건 그렇다 치고, 경찰서에서 진술서를 써본 적 있는 사람

안자이 미즈마루의
『보통사람』에
나오는 형사

사우스브롱크스
폴 뉴먼 풍 형사

이라면 알겠지만 경찰의 작문 실력은 일반인에 비해 극단적으로 낮다. 문법도 그렇고, 조어 사용도 그렇고, 정경묘사와 심리묘사도 정말 치졸하다. 진술서란 대략 경찰의 질문에 진술자가 답변한 내용을 경찰이 '나는……'이란 일인칭으로 문장화하고 이에 진술자가 서명하는 절차인데, 이 폴 뉴먼 씨의 경우는 기가 찰 정도로 문장이 한심했다. 읽는 걸 듣고 있자니 첫 줄부터 죄다 뜯어고치고 싶어졌다. 오탈자도 많았다.

그러나 무엇보다 굴욕적이었던 것은 그 폴 뉴먼 씨가 연필로 쓴 초고 위에다, 한 글자도 어긋나지 않게 볼펜으로 정서를 해야 했던 일이다. 그렇게 내가 볼펜으로 문장을 다 쓰고 나면 폴 뉴먼 씨는 지우개로 자기가 연필로 쓴 글자를 쓱쓱 지워, 마치 내가 처음부터 자필로 그런 진술서를 쓴 것처럼 가장하는 것이다.

　말할 필요도 없지만, 경찰에 연루되어 별 신통한 일은 없는 것 같다.

신문을 읽지 않는 것에 대하여

외국으로 나가면 신문을 읽지 않아도 된다는 게 가장 마음 편하다. 나는 일본에 있을 때도 거의 신문을 읽지 않는 편이라 사실 딱히 달라질 건 없지만, 그래도 일본에 있으면 웬만한 사건들은 싫든 좋든 관계없이 귀에 들어오고, 가령 대한항공기가 미그기에 격추되었다는 사건쯤 되면 아무래도 신문을 펼쳐보게 된다.

반면 유럽 같은 데 있으면 현지 신문은 글을 몰라 읽을 수가 없고, 그렇다고 비싼 돈 들여 〈헤럴드 트리뷴〉 영문판을 사는 것도 멍청한 짓 같아서, 정보와 완전히 담을 쌓고 생활하게 된다. 이런 생활은 정말 편하다. 솔직히 말해 신문 따위 없어진다 해도 조금도 곤란할 게 없다.

특히 그리스에 있을 때가 그랬는데, 아침에 일어난다 → 밥을 먹

끼어들 여지가
없군

← 신문

는다 → 수영을 한다 → 밥을 먹는다 → 낮잠을 잔다 → 산책을
한다 → 술을 마신다 → 밥을 먹는다 → 잔다, 이런 패턴을 매일
반복하느라 도무지 신문이 파고들 여지가 없었다. 그리스는 정
말 굉장한 나라인 것 같다.

지난번에는 독일에 한 달 동안 머물렀는데 그때도 신문이라
는 걸 전혀 읽지 않았다. 딱 한 번 베를린행 팬암기에서 서비스
하는 〈트리뷴〉을 읽었지만 이렇다 할 사건이 없어서 '음, 미국
이 그레나다를 침공했군' '론과 야스가 악수를 했군' 하며 흐음
흐음 고개를 끄덕였을 뿐이다.

그보다는 독일 젊은이들이 모두 반핵 배지를 가슴에 달고 있
거나, 퍼싱II 미사일 반대 캠페인 스티커를 자동차에 떡떡 붙여

놓은 것을 보는 쪽이, 세계가 돌아가는 흐름을 더욱 생생히 느낄 수 있다.

진짜 정보는 그런 것이라고 생각한다. 신문이 아무 도움 안 된다는 것은 결코 아니고, 세상에는 왼쪽에서 오른쪽으로 지나쳐 가기만 하고 제 것이 되지는 못하는 정보들이 너무 넘쳐나는 게 아닌가 생각할 뿐이다.

그리스에서 정보를 나누는 법

    지난 회에 그리스란 나라가 재미있다는 이야기를 썼는데, 이어서.

    그리스란 참 희한한 나라다. 거리를 돌아다녀도 서점이 거의 보이지 않는다. 가끔 눈에 띄는 것도 아주 작은 규모인데다 손님이 하나도 없다. 수도 아테네가 그런 형편이니 지방으로 가면 말할 것도 없다. 요컨대 책 같은 걸 아무도 안 읽는 것이다. 그럼 뭘 하는가 하면, 사람들은 카페에 모여들어 이러쿵저러쿵 토론을 하며 나날을 보낸다. 그만큼 얘기하길 좋아하는 국민도 없지 않을까 싶다.

    사정이 그러니 정보가 전달되는 방식도 일본과 상당히 다르다. 일본에서 정보란 먼저 텔레비전에서 시작되어, 신문으로 확

맞아

나치는
용서할 수
없어

맞아

맞아

맞아

그리스의
버스 안에서

대되고, 잡지에서 보충되고, 책으로 확인되는 데 비해, 그리스에서는 어떤 정보 한 가지가 들어오면 동네 아저씨들이 카페에 모여들어, 그 주제를 놓고 이것도 아니다 저것도 아니다 하며 끝도 없이 떠들어대고, 그 결과 막연한 여론 같은 것이 형성된다. 이런 식의 여론 형성은 시간이 걸리기는 해도 그만큼 논리정연할 것 같다.

가령 버스를 타고 시골을 여행하노라면 그리스인 할아버지가 내게로 다가와 골짜기에 있는 마을을 가리키며 그리스어로 뭐라뭐라 얘기를 한다. 귀 기울여 들어보니 '1944년에 독일군이 여기서 마을 사람 250명을 학살했다'는 얘기인 듯하다.

그러면 버스 안에 있는 그리스인들이 아이에서 노인에 이르기까지 전부 "음, 맞아 맞아" 하고 고개를 끄덕이며 확인해준다. 그리고 누군가가 "우리는 나치를 용서할 수 없어"라고 말하면 또 모두들 "음, 그래 그래" 하고 고개를 주억거린다. 벌써 사십 년이나 지난 옛날 일인데, 사람들은 당시의 학살을 진심으로 증오하고 있는 것이다.

지나치게 완고한 것 아니냐고 하면 그뿐이겠지만, 반대로 너무나 간단하게 매사를 흘려보내거나 사고체계를 십 년에 한 번씩 쉽사리 바꿔버리는 국민성도 좀 문제가 있지 않은가 하고 나는 생각한다. 어느 쪽이 나은지 물으면 뭐라 대답해야 할지 잘 모르겠지만.

미케네의 소행성 호텔

　그리스에 미케네라는 동네가 있다. 슐리만이 아가멤논의 묘를 발견한 것으로 유명한 곳이다. 유명하다지만 정말 조그만 마을이라, 규모는 도쿄의 다케시타 거리 정도다. 관광버스가 오면 잠시 사람들로 웅성웅성 붐비다가 버스가 떠나면 다시 소음 하나 없는 조용한 마을로 돌아간다. 지리적으로 아테네에서 당일치기할 수 있는 코스에 속하니까 구태여 이곳에 숙박하는 손님도 없다. 나는 이 미케네 마을을 제법 좋아한다.

　미케네에서 가장 좋은 호텔은 '르 프티 플래닛(소행성)'이란 이름의 호텔이다. 하기야 우리 기준으로 보기에는 호텔보다 펜션이나 산장에 더 가깝다. 설비도 그리스의 호텔 95퍼센트가 그렇듯 허술하고, 방도 딱히 깨끗하다고 하기 어렵다. 그러나 아담

행복한 미케네 마을

한 호텔이라 차분하게 기분을 가라앉힐 수 있다.

'르 프티 플래닛'은 그리스 공군 파일럿이던 남자와 그의 미모의 부인이 운영하고 있다. 남편 쪽은 음식 솜씨가 일품이라 꽤 먹음직스러운 그리스 가정요리를 제공한다. 그는 폭격기를 조종했는데 키프로스 분쟁 때 그만 전쟁이 지긋지긋해져서 제대하고 호텔 오너가 됐다고 한다. 어린 두 딸도 아주 귀엽다.

밤이 되면 미케네 거리는 암흑으로 변한다. 이런 어둠은 좀처럼 드물지 않을까 싶을 만큼 어둡다. 나는 어둠에 잠긴 베란다에서 쌀밥을 곁들인 생선 요리를 더듬더듬 먹으며, 아가멤논 산 위에 있는 화톳불을 바라보기도 하고, 주인과 세상 사는 얘기를 나누기도 한다. 그는 아주 즐거운 듯이 하루하루의 생활을 얘기한다.

"행복하신 것 같군요?" 내가 묻는다.

"물론." 그가 대답한다. "아주아주 행복합니다."

일본인 중 과연 몇 사람이 '행복한가?'라는 질문에 이렇게 대답할 수 있을까?

그리스의 식당에 대하여

그리스 이야기를 계속하죠.

다들 그리스 음식은 맛이 없다고 하는데 절대로 그렇지 않다. 특별히 맛있는 게 뭐냐고 묻는다면 대답하기 곤란하지만, 맛없다고 생각하지는 않는다. 적어도 동베를린의 일류 레스토랑에서 먹는 요리보다는 훨씬 맛있다. 모든 요리에 올리브유를 너무 많이 써서 싫다는 사람도 있겠지만 익숙해지면 아무렇지도 않다. 나 같은 경우 양고기가 아주 질색인데, 그래도 무사카*는 별미라 순식간에 우적우적 먹어치울 정도다.

세계 어디를 가든 그렇겠지만 그리스 요리도 일류 레스토랑

---

* 양고기를 갈아서 가지와 치즈를 넣고 오븐에 구운 요리.

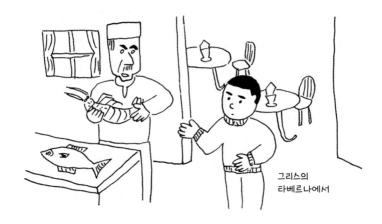

그리스의
타베르나에서

에서 먹는 것보다 대중식당(타베르나)에서 먹는 편이 훨씬 맛있다. 그리스에서 가장 맛없는 그리스 요리를 먹은 곳이 다름아닌 모 초일류 호텔에 있는 그리스 레스토랑이었으니 말이다.

그러나 다른 한편, 그리스의 대중식당은 정말이지 더럽다. 음식에 꼬여드는 파리를 한 손으로 휘휘 물리치고, 파리가 되돌아오기 전에 음식을 입에 집어넣고, 씹는 동안 또 파리를 쫓아내야 하는 지경이다. 그나마 아테네는 좀 덜하지만 조금만 시골 쪽으로 가면 파리가 많아서 낮잠도 못 잘 정도다. 그러나 또 어찌된 셈인지 파리가 많은 곳일수록 음식이 맛있다.

그리고 해안 근처에선 생선이 무척 맛있다. 그런 데선 손님이 식당에 들어오면 우선 부엌을 보여주고, 쇼케이스 안에 있는 생선이나 새우 등을 고르면 그것을 즉석에서 요리해준다. 도미가 유난히 맛있는데, 한 마리를 통째로 구워 올리브유를 뿌린 요리를 그 지방 와인을 홀짝홀짝 마셔가며 먹는다. 로브스터도 상당히 맛있다. 거기에 그린 샐러드까지 곁들여 일인분에 천 엔 남짓이니까 거짓말처럼 싸다. 천국이 따로 없다.

다만 관광객이 모여드는 아테네의 플라카 거리 주변에 있는 타베르나는 종업원들의 서비스도 좋지 않고 가격도 비싸다. 그리스에 가거들랑 꼭 혼자서 시골길을 걸어보세요. 무척 신날 테니까.

편식에 대하여 (1)

나는 꽤 편식을 하는 인간이다. 생선과 채소와 술에 관해서는 거의라고 해도 좋을 만큼 싫고 좋음을 따지지 않는데, 고기는 쇠고기밖에 못 먹고 조개류는 굴 외에는 입에도 대지 못한다. 그리고 중화요리도 전혀 못 먹는다. 그래서 대개는 생선과 채소를 중심으로 담백한 음식들을 찔끔찔끔 먹으며 하루하루를 난다. 곤약이나 톳이나 두부 등, 말하자면 완전히 노인식이다.

이따금 스스로도 신기하게 생각하는데, 무엇이 좋고 무엇이 싫다는 판단기준은 도대체 어디서 유래하는 걸까? 어째서 굴은 먹을 수 있는데 대합은 못 먹는 걸까? 대체 굴과 대합이 본질적으로 어떻게 다르다는 말인가? 이런 것들은 암만 생각해도 적절한 대답이 안 나오니 결국 '운명'이란 한 마디로 치부하는 도리

밖에 없다. 나는 어느 날 바람 부는 언덕 위에서 이유도 없이 굴을 사랑하게 된 것이다…… 뭐 이런 식으로. 결과가 전부다.

어떤 경위를 거쳐 중화요리를 못 먹게 되었는지도 내겐 커다란 수수께끼 중 하나다. 중국이나 중국인에게 나쁜 감정을 품고 있는 것은 결코 아니고, 오히려 상당히 관심 있는 편이다. 친구 중에도 중국인이 몇 사람 있고, 내 소설에도 중국인이 제법 등장한다. 그럼에도 내 위는 중화요리라는 종류의 음식을 완고하게 거부한다. 어째서인지는 잘 모르겠다. 어린 시절의 트라우마나 뭐 그런 게 있는지도 모르겠다.

센다가야에 살던 시절, 집 근처 킬러 거리에 맛있기로 평판이 난 라면집이 두 곳 나란히 있었는데, 그 앞을 지나면 싫어하는

라면 냄새가 풀풀 풍기는 터라 집으로 돌아오는 길이 늘 고생스러웠다. 어느 친구는 그 앞을 지날 때마다 라면이 먹고 싶은 격렬한 욕망을 억누르느라 굉장히 고생한다고 한다. 그런 이야기를 들으면 라면을 좋아하느냐 싫어하느냐 하는 차이만으로도 인생살이의 양상이 꽤 달라지겠구나 싶은 기분이 든다.

편식에 대하여 (2)

며칠 전 영국 신문을 읽는데 광고란에 개가 목을 매달고 있는 사진이 실려 있었다. 대체 무슨 일인가 싶어 읽어보니 그건 애견 가협회에서 보내는 메시지로, '한국에서는 개를 먹는 습관이 있는데 이건 야만적 행위이니 저지합시다'란 내용이었다.

그후 한 달쯤 지나 호놀룰루에서 신문을 읽고 있으려니 '중국 인은 들개 사냥을 해서 그 일부를 먹기까지 한다고 하는데, 이건 지나친 야만행위이니 중국 제품을 보이콧하자'는 투고가 실려 있었다. 베이징에서 대규모 들개 사냥을 행해 육 주 동안 약 20만 마리의 개가 죽은 사건(끔찍하다!)에 대한 한 호놀룰루 시민의 반응이었다.

내 기억에 의하면 백 년 전쯤에도 한국과 영국 사이에 개소동

이 한 번 있었다. 그때 빅토리아 여왕(이었던 것 같다)이 우호의 뜻으로 조선의 왕에게 선물로 보낸 개를 조정에서 완전히 잘못 받아들여 요리해 먹어버리는 바람에, 당시 상당한 정치적 문제가 되었다. 재밌다고 하면 안 되겠지만 재밌다.

이렇게 개를 먹느냐 안 먹느냐 하는 관습의 문제를 편식과 동일선상에서 논하는 것은 좀 무리겠지만, 그래도 무엇을 먹고 무엇은 안 먹는다는 선택이 기본적으로 불합리하다는 점에서는 비슷한 차원의 얘기다. 야만이라는 것은 인간이 지닌 성향의 문제가 아니라 개념의 문제다. 내가 굴은 먹지만 대합은 못 먹는다는 것에 대해 누가 "왜 그런가?" 하고 집요하게 묻는다면, 본인인 나도 설명하기가 무척 곤란하다. 성향을 설명할 수는 있지만 개념을 설명하는 것은 거의 불가능하기 때문이다.

애기가 한참 비약하는데, "왜 그런 아내랑 같이 살게 되었나?" 하는 질문도 동일선상의 어려운 문제다. 나는 이런 유의 현실을 잠정적으로 '동시존재적 정당성'이라고 부르는데, 어째 이번에는 애기가 좀 골치 아파졌다. 그럼 이만.

편식에 대하여 (3)

딱히 생리적으로 못 받아들이는 건 아니지만 별로 먹고 싶지 않은 음식이 있다. 카레 우동이라는 것도 그중 하나다.

나는 카레도 우동도 좋아하는데, 그게 합쳐진 '카레 우동'에는 도무지 손을 댈 엄두가 안 난다. 속수무책이다. 크로켓 우동이라는 걸 며칠 전 신주쿠에서 우연히 봤는데, 그것도 역시 먹을 수 없을 것 같다.

도대체 왜 우동에다 구태여 카레니 크로켓이니 하는 명백히 다른 부류의 이물질을 집어넣는지 나는 도무지 이해가 안 된다. 그런 것들을 다 허용하다보면 언젠가 '미트 소스 오차즈케'* 같

---

* 밥에 녹차를 부어 먹는 일본 전통 음식.

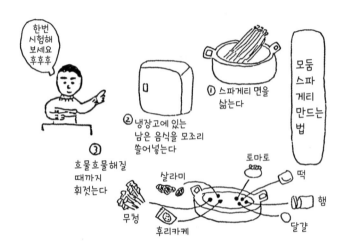

한번 시험해 보세요 후후후

② 냉장고에 있는 남은 음식을 모조리 쏟아넣는다

① 스파게티 면을 삶는다

모둠 스파게티 만드는 법

③ 흐물흐물해질 때까지 휘젓는다

토마토

살라미

떡

무청

햄

후리카케

달걀

은 음식이 나오지 말라는 법도 없지 않은가?

얼마 전에 모 전통요릿집에서 아보카도참깨무침이라는 요리를 먹었는데, 이것도 좀 난감했다. 보수적이라고 비난해도 어쩔 수 없지만, 요컨대 평화스럽고 느긋하게 정상적인 음식을 먹고 싶다는 것, 내 희망은 그뿐이다.

그러나 지금은 이렇게 말하는 나도 혼자 자취하던 학생 시절에는 정말 엉망진창으로 음식을 만들어서 적당히 주린 배를 채웠다. 그러니까 별 대단한 소리는 할 수 없다.

당시 가장 자주 만들던 음식은 당장 집에 있는 재료로 만든 스파게티 하나뿐이었다. 스파게티라고 해서 무슨 명확한 맛의 기준 같은 게 있는 건 아니고, 아무튼 스파게티 면을 잔뜩 삶아놓고, 냉장고에 남아 있는 재료를 고르고 자시고 할 것도 없이 전부 쓸어넣고서, 흐물흐물해질 때까지 휘젓는 게 다다. 요리로서의 통일성 같은 것은 눈곱만큼도 없다. 스파게티에 찹쌀떡과 토마토와 살라미와 햄과 달걀과 후리카케와 무청이 함께 들어 있던 적도 있었다. 지금 생각하면 구역질이 날 정도지만 당시에는 '아, 맛있다 맛있어' 하면서 꿀꺽꿀꺽 먹어치웠다.

호기심이 발동하는 분은 한번 시험해보세요. 상당히 강력하니까. 후후후.

또다시 비엔나 슈니첼에 대하여

오래전 이 칼럼에 비엔나식 송아지 커틀릿, 즉 비엔나 슈니첼에 대한 글을 썼는데 독자 여러분은 기억하고 계실까? 미즈마루 씨는 삽화를 그렸으니 기억하고 있겠죠?

아무튼 나는 얼마 전 군이 빈까지 가서 비엔나 슈니첼을 먹었는데 몹시 실망하고 말았다. 왜 실망했는가 하면, 좀 이상한 얘기지만 빈의 비엔나 슈니첼이 도무지 비엔나 슈니첼답지 않았기 때문이다. 어이없게도 빈에서 비엔나 슈니첼을 주문하면 대개 열 번 중 여섯 번 정도는 돈가스가 나오는데, 대체 이런 법이 있는가?

지난번에도 썼지만, 송아지 고기를 얇게 두들긴 뒤 옷을 입혀 파삭하게 굽고 그 위에다 버터를 뿌린 게 비엔나 슈니첼이다. 나

대체 내가 지금 뭘 하고 있는 거람

여- 여-

빈에서

는 그렇게 이해하고 있고, 일본에서 '비엔나 슈니첼'을 주문하면 자동적으로 송아지 커틀릿이 나온다.

그러면 빈에서 먹은 진짜 송아지 비엔나 슈니첼의 맛은 어땠나 하면, 이것도 내 입맛으로는 도쿄에서 먹는 편이 더 맛있는 것 같다. 음식이 당최 양이 많다. 무슨 걸레짝 같은 크기의 커틀릿이 덜커덕 나오는데, 소스도 충분히 끼얹어 있지 않고, 곁들여 나온 퍼석퍼석한 감자와 함께 우물우물 먹어야 한다. 혼자서 묵묵히 먹고 있노라면 '대체 내가 지금 뭘 하고 있는 거람?' 하는 기분이 들어 서글프다.

그에 반해 빈에서 의외로 맛있는 게 있다면 헝가리안 굴라시. 느직한 오후 교외에 있는 호텔 레스토랑에서 생맥주를 홀짝이며 이걸 먹으면 제법 분위기가 난다. 럼을 넣은 커피도 다행히 빈답다. 영화 〈해리와 톤토〉에서 고독한 노인 해리가 늘 "아, 맛있는 헝가리안 굴라시가 먹고 싶다"고 중얼거리는데, 그 기분은 충분히 동감이 간다.

속편 벌레 이야기 (1)

달밤의 행진

꽤 오래전 이 칼럼에서 벌레 이야기를 4회에 걸쳐 썼다. 들은 바에 의하면 안자이 미즈마루 씨는 벌레를 몹시 싫어해서 삽화를 그리느라 상당히 곤욕을 치렀다고 한다. 짓궂은 짓을 한 셈이다. 그러나 미안하게 생각하는 한편 그런 이야기를 들으면 벌레 이야기를 한층 더 하고 싶어지는 게 인지상정이다. 그런 연유로 또 벌레 이야기.

내 아내는 옛날에 괄태충 행렬을 본 적이 있다고 한다. 그녀가 여고생일 때 얘기다. 달 밝은 밤에 오차노미즈여자대학 근처에 있는 언덕길을 걷고 있자니, 멀찌감치 앞쪽에 은색 띠 같은 게 보였다. 그것이 반짝반짝 빛나면서 마치 강물이 흐르는 것처럼 도로를 횡단하고 있었단다. 오른편의 돌담에 빠끔 뚫려 있는 토

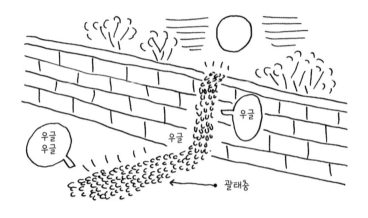

관 구멍에서 줄지어 기어나와, 길을 가로질러 건너편에 돌담을
올라 어둠 속으로 빨려들어간다. 띠의 폭은 대충 1미터 정도.

대체 뭘까 하고 가까이 다가가보니, 그게 글쎄 쥐만한 크기의
거대한 괄태충 행렬이었던 것이다. 좌우지간 몇천 몇만 마리는
되어서 도저히 헤아릴 수가 없다. 행진은 이미 한참 전에 시작된
듯 자동차에 깔려 물컹하게 짓이겨진 자국이 노면에 선명하게
남아 있다. 그게 달빛에 반사되어 미끈미끈하게 빛난다. 소름 끼
치는 광경이다.

"그 돌담 너머에 있던 낡은 저택을 부수고 맨션을 짓고 있었
으니까, 거기 살던 괄태충이 다른 곳으로 이동하던 거겠지" 하
고 그녀는 말했는데, 그렇게 엄청난 수의 거대한 괄태충이 과연

한곳에 모여살 수 있단 말인가? 그리고 그들은 도대체 어디로 옮겨가 살았을까? 괄태충의 민족대이동이라니, 마치 〈십계〉에 나오는 모세의 출애굽 같은 이야기다.

필시 그 괄태충 무리 중에는 월등하게 거대한 보스 괄태충이 있고 그것이 앞장서서 모두를 신천지로 인도해갔을 것이다. 이런 생각을 계속하고 있자니 속이 메슥거려 잠을 못 이룰 것만 같다.

속편 벌레 이야기 (2)

송충이 항아리의 비극

세상에서 가장 무서운 형벌은 무엇인가, 역시 '송충이 항아리'겠죠. 하긴 이 '송충이 항아리'를 실행하기에는 상당한 노력과 시간이 드니까 그다지 현실적이라고는 할 수 없다. 그러나 끔찍함에 관한 한은 그 어떤 형벌에도 뒤지지 않는다.

먼저 깊이 2.5미터에서 3미터, 직경 2미터 정도의 튼튼한 항아리를 준비한다. 꽤 단단해야 하며 또한 어느 정도 무게가 안 나가면 쓸모가 없으니까 주의한다. 안쪽 벽은 가능한 한 미끈미끈하게 만드는 것이 바람직하다. 다음으로 항아리를 둥그렇게 둘러싸고 망루를 세워 거기서 항아리 안을 들여다볼 수 있도록 한다. 이것으로 1단계는 완료.

그다음에 노예를 삼천 명 정도 모은다. 그리고 "한 사람당 송

충이 열 마리씩 잡아올 것. 그러지 못하면 곤장 백 대!"라고 명령한다. 노예들은 곤장을 백 대나 맞고 당해낼 재간이 없으니 죽어라고 송충이를 모아온다. 그렇게 하면 한 삼만 마리의 송충이를 채취할 수 있다.

그러고는 삼만 마리의 송충이를 항아리에 쏟아붓는다. 송충이 삼만 마리를 한곳에 모으면 어지간히 장관이다. 마치 검은 콜타르가 항아리 안에서 꾸물꾸물 움직이는 광경 같다. 보기만 해도 속이 메슥거린다. 송충이가 쌓인 깊이는 대충 2미터 정도.

이것으로 준비는 모두 완료. 남은 건 죄수를 그 안으로 떨어뜨리는 일뿐이다. 그러고는 다 같이 항아리 안을 들여다보며 즐기는 것이다.

항아리 안으로 떨어진 죄수는 벽을 기어오르려고 안간힘을 쓰지만 미끈미끈해서 곧장 미끄러져버리고, 깡충깡충 뛰어올라 숨을 쉬려고 해도 발밑에 깔려 짓이겨진 송충이가 질척거려 뜻대로 안 되고, 그러는 사이 입안으로 검은 송충이가 꾸물꾸물 한 가득 기어들어가 결국은 질식사하고 만다. 무섭죠, 이런 형벌? 따끔따끔한 송충이가 입안 가득 들어오다니 생각만 해도 정말 구역질이 난다. 이렇게 죽는 것만은 사양하고 싶다. 침대 위에서 평온하게 죽고 싶다.

고문에 대하여 (1)

돌쌓기와 드릴

영화에는 고문 장면이 자주 등장한다. 지금은 어떤지 모르겠지만 옛날 사극에서는 돌덩이를 무릎에 올려놓는 고문을 곧잘 볼 수 있었다. 누가 생각했는지 몰라도 상당히 효과적인 고문이다.

모르는 사람을 위해 간략히 설명해본다. 우선 주판처럼 올록볼록 뾰족한 판자 위에 죄인의 무릎을 꿇린다. 그리고 그 무릎 위에 넓적한 돌을 한 장 한 장 올려놓는 것이다.

〈소점笑点〉이라는 텔레비전 예능 프로그램에서 무릎 밑에 방석을 쌓아가는 코너가 있었는데, 그와 정반대라 할 수 있겠다. 돌의 개수가 늘어날수록 무릎이 우두둑우두둑하다가 끝내 뼈가 으스러지고 만다. 실제로 당해본 적이 없으니 자세히는 모르겠

지만, 무척 아플 것 같다.

젊은 처자가 이 고문을 당하면 딱하다 싶은 한편으로 상당히 섹시하게 느껴지기도 한다. 옆에 나쁜 관리가 떡하니 버티고 서서(역시 사토 게이 씨가 어울리겠죠) "처자, 아플 텐데, 아비가 어디 있는지 빨리 말하지 그러나" 하고 추궁한다. 멋지죠.

일본의 고문으로는 이외에도 삼각 목마 타기, 새끼줄로 사지 묶기 등이 있지만, 이런 고문은 다른 카테고리에 속하므로 이 글에서는 생략한다. 좀더 자세히 알고 싶은 분은 닛카쓰 영화 〈단오니로쿠〉 시리즈를 보시기 바란다.

영화의 고문 장면에서 나쁜 관리만큼이나 일반적인 인기를 얻는 캐릭터는 나치 친위대 장교다. 이들이 등장하지 않으면 고문 장면의 설득력이 뚝 떨어진다. 현대 나치 영화 중에서 가장 완성도가 높은 것은 역시 〈마라톤 맨〉이라고 생각한다. 이 영화는 나치 잔당이 유대인 청년을 잡아서 고문하는 이야기인데, 전직 치과의사인 나치 아저씨가 청년의 충치를 드릴로 드륵드륵 들쑤셔 뿌리 신경이 드러나게 한 뒤, 또 그 신경을 드륵드륵 집요하게 후벼댄다. 치과에 가서 그냥 치료를 받는 것조차 무서운데 이런 장면을 보면 정신이 어떻게 될 것만 같다. 돌쌓기도 싫지만 드릴도 싫다.

고문에 대하여 (2)

간질이기와 손가락 자르기

내가 영화에서 본 고문 장면 중 가장 재미있었던 것은 뭐니 뭐니해도 간질이기 고문이다. 영화 제목이 뭐였는지는 잊어버렸는데, 오래된 B급 서부극이었으니 앞으로 개봉될 가능성은 거의 없을 것이다.

간질이기 고문이 어떤 건가 하면, 우선 나쁜 편 갱단이 착한 편 애인을 붙잡아 어딘가에 감금한다. 그다음에 착한 편이 나쁜 편 한 놈을 붙잡아 테이블 위에 포박해놓고는 애인이 있는 곳을 대라고 다그치는데, 영화의 세계에서 대개 착한 편은 그리 난폭한 짓을 못하게 되어 있으니까, 나쁜 편도 그런 것쯤 미리 알고 있어 쉽사리 입을 열지 않는다.

시간만 흐르자 착한 편은 그만 지쳐서 담배를 한 대 피우려 하

는데, 그 당시의 성냥은 아무데나 그어도 불이 붙는 딱성냥이라 바로 눈앞에 있는 악당의 발바닥에다 칙 하고 성냥을 긋는다. 그런데 마침 그 악당이 엄청나게 간지럼을 잘 타는 인간이라 참지 못하고 쿡쿡 웃으며 몸을 뒤튼다.

이렇게 되면 그다음은 간질이기 고문밖에 없다. 새털 같은 것을 찾아와서 발바닥을 간질이거나 연필 끝으로 글씨를 쓰자 악당 쪽은 견디지 못하고 그만 실토하고 만다. 이런 고문은 명랑쾌활해서 좋다.

반대로 소름이 오싹 끼치도록 끔찍했던 것은 버트 레이놀즈의 〈샤키 머신〉에 나온 것. 이 영화는 한 형사가 애인이 어디 있는지 실토하지 않은 탓에 칼로 손가락을 하나하나 잘리는 얘기인데, 기억을 되살리기만 해도 오싹 한기가 든다. 시드니 폴락 감독의 〈암흑가의 결투〉에서 다카쿠라 겐이 새끼손가락을 절단 하는 장면 때문에 미국 관객이 몇 명이나 실신했다는 얘기를 들 었는데, 〈샤키 머신〉의 고문 장면 쪽이 훨씬 충격적이지 않나 싶 다. 보고 있자면 식은땀이 흐른다.

그럼에도 불구하고 버트 레이놀즈가 분한 샤키 형사는 칼을 기차게 다루는 동양인을 향해 "너, 일식집 요리사지?" 하고 조롱 한다. 이런 부분이 또 버트 레이놀즈의 진면목이다.

고문에 대하여 (3)

멜 브룩스의 〈세계사〉

고문 이야기를 끈질기게 계속한다.

영화의 고문 장면 중 가장 어처구니없는 것의 우승 후보는 단연 멜 브룩스의 〈세계사〉에 나오는 토르케마다의 종교재판이다. 스페인의 사법관 토르케마다가 17세기에 이교도를 붙잡아 학대한 역사적 사실을 철저하게 패러디한 것인데, 대단히 끔찍하고 재미도 있으니 기회가 있으면 꼭 보시길. 특히 에스터 윌리엄스가 주연한 왕년의 MGM 뮤지컬을 바탕으로 만든 수영장 장면은 포복절도할 정도이다.

하긴 멜 브룩스의 이 영화는 그저 웃기려고 만든 것이 아니라, 전체적으로는 유대인 박해를 묘사한 역사영화로도 볼 수 있는 제법 의미심장한 작품이다. 멜 브룩스는 우디 앨런과 마찬가지

로 브루클린에서 태어난 유대인으로, 브루클린 출신 유대인이 대개 그렇듯이 어릴 때부터 철저하게 구박을 받으며 자랐다. 인간은 계속 천대를 받으면 두 종류의 반응을 보인다고 한다. 폭력적이 되어 상대에게 보복을 하든지, 익살꾼이 되어 상대방을 웃기든지. 유대인에 한해서 볼 때 전자의 대표적 인물은 이스라엘의 베긴 수상이고, 후자의 대표가 막스 브라더스와 멜 브룩스, 그리고 그 중간 정도에 우디 앨런이 위치한다. 나는 멜 브룩스와 막스 브라더스를 무척 좋아한다.

멜 브룩스의 〈세계사〉에서 유대인은 끊임없이 천대받는다. 로마 편에서는 유대인 코미디언과 유대교도를 자칭하는 흑인 노예(물론 새미 데이비스가 모델이다)가 독재자에게 고난을 당하고, 스페인 편에서는 아까 말했듯이 유대교도가 토르케마다에게 고문을 당하고, 프랑스혁명 편에서는 유대인 소변 담당 하인이 루이 16세를 대신하여 목이 잘릴 뻔한다. 무척 불쌍하다. 하지만 마지막에는 〈스타 워즈〉처럼 유대인이 우주적 스케일로 해방되는데, 이 대단원은 영화를 보면서 즐기시길.

카사블랑카 문제

최근 오랜만에 제임스 본드 시리즈 중 〈007 위기일발〉을 봤는데, 터키인 영국 스파이가 본드에게 "자네가 없어지면 이스탄불도 심심해지겠는데(Life in Istanbul will never be the same without you)"라고 말하는 장면이 있었다. 아니 이거 어디서 들어본 대사인데, 〈카사블랑카〉였던가 싶어서 찾아보았더니, 아니나 다를까 역시 〈카사블랑카〉였다. 지방 경찰서장인 클로드 레인스가 험프리 보가트에게 "This place will never be the same without you"라고 하는 장면이다. 간단히 말하면 "I'll miss you"이지만, 약간 돌려 말한 덕에 사나이의 체취가 물씬 풍기는 대사가 되었다. 구문으로 보면, 좀 기묘한 예지만 "크림을 넣지 않은 커피 따위……" 하는 표현과도 비슷하다. 제임스

크림을
넣지 않은
커피 따위

터키의 영국인 스파이

제임스 본드

본드 없는 이스탄불 따위 험프리 보가트가 없는 카사블랑카와
마찬가지다, 란 뜻이겠다.

딱히 광고 문안에 대해 불평할 심산은 아니지만, 유명해진 광
고 문안은 반드시 그와 비슷한 문체까지 파괴하는 것 같다. 그것
은 마치 필리핀의 화전농법이 삼림을 파괴하는 것과 유사하다.
예를 들면 예의 챈들러의 명대사 "터프하지 않으면 살아갈 수
없다. 부드럽지 않으면…… 운운"도 광고업계의 손에 완전히 파
괴당한 뒤로 빈껍데기 같은 대사가 되고 말았다.

〈카사블랑카〉에도 결정타 같은 대사가 많아서 몇 번을 보아
도 싫증나지 않는다. 나 말고도 이 영화를 사랑하는 마니아가 많
은데, 그런 사람들이 간혹 영화를 흉내내는 바람에 문제를 일으

키곤 한다.

예를 들면 내가 재즈 카페를 운영하던 무렵, 꼭 가게문을 닫을 즈음에 나타나 피아노로 〈As Time Goes By〉를 치고 가는 사람이 있었다. 이런 사람은 호감이 가는 타입이라고도 할 수 있겠지만, 역시 일종의 사회적 민폐다.

베트남전쟁 문제

얼마 전에 영화를 보고 있으려니 한 파일럿이 "베트남에 얼마나 있었지?" 하는 질문에 "Two turns and a half"라고 대답하는 장면이 나오는데, 자막에는 이 말이 "2 왕복 반"으로 해석되어 있었다. 나도 사실 남의 번역을 갖고 왈가왈부할 입장은 아니지만, 이건 역시 "2기 반"으로 번역하는 게 타당하지 않을까 생각한다.

마이클 허가 쓴 『디스패치』란 베트남전쟁 리포트를 읽다보면 'turn'이란 단어가 종종 나온다. 아마 원 턴이 이 년이었던 걸로 기억한다. 베트남에서 원 턴을 싸웠다고 하면 어엿한 베테랑이다. 보통사람 같으면 정신이 이상해지고 말 터이다. 그런 상황인데 2기 반이나 싸웠다고 하니, 이 파일럿은 상당한 터프 가이인 셈

2 왕복 반으로
여기에 왔다

베트남 습지대

이다. 그런데 "2 왕복 반"이라고 해놓으면 무슨 뜻인지 도무지 알 수가 없다. 도대체가 미국 본토와 베트남 사이를 두 번 왕복하고 또 반이라면, 지금쯤은 베트남 한가운데 있어야 할 것 아닌가?

베트남전쟁에 관한 영화나 소설, 다큐멘터리가 제법 많은데, 그런 것들을 보면서 제일 먼저 느끼는 부분은 은어와 슬랭이 실로 많다는 점이다. 나도 처음 베트남전쟁을 소재로 한 소설을 읽었을 때는 무슨 뜻인지 모를 단어투성이라 도통 의미를 알 수 없었다.

하긴 이런 경우는 비단 나뿐만이 아니라 평범한 미국인에게도 마찬가지인 듯, 소설에 따라서는 책 뒤에 베트남전쟁에서 사용되었던 전문용어와 슬랭에 관한 '속성 사전' 같은 게 붙어 있는 경우도 있다.

나는 코폴라 감독의 〈지옥의 묵시록〉을 좋아해서 영화관에서만 네 번 정도 봤는데, 그 영화에 나오는 슬랭도 소설 정도는 아니지만 역시 상당하다. 특히 동양인에 대한 차별 언사가 엄청나다. 언어적인 면 하나만 보아도 베트남전쟁은 미국 역사상 유례를 찾아볼 수 없는 지저분한 전쟁이었던 것 같다고 실감한다.

영화의 자막 문제

영화의 자막 만드는 일을 하는 사람에게 듣자니, 자막이 수용할 수 있는 정보량이란 무척 적은 모양이다. 오리지널 다이얼로 그의 정보량을 1이라 치면 자막의 정보량은 삼분의 일에서 사분의 일 정도로 줄어든다. 오히려 더빙하는 편이 한층 많은 내용을 담을 수 있다는 것이다.

그렇지만 더빙은 영화의 이미지를 훼손하기 마련이므로, 개인적으로는 아무래도 호감이 가지 않아 자막에 의존하게 된다. 며칠 전에도 〈스타 워즈〉 일본어판이란 걸 보았는데, 일본어로 된 대사를 전혀 알아먹을 수가 없어서 흥이 깨지고 말았다. 발성이 나쁜 건지 대사의 리듬과 영화의 리듬이 잘 맞지 않는 건지 모르겠지만, 무슨 말을 하는 건지 도무지 이해가 안 갔다. 이런

경우는 참 곤란하다.

벌써 오래전 일이지만 〈뉘른베르크의 재판〉이 일본에서 개봉됐을 때, 감독 스탠리 크레이머는 "이 영화는 미묘한 대사로 구성된 법정극이므로 자막을 사용하지 말고 반드시 더빙을 해서 개봉해주길 바란다"는 주문을 덧붙였다. 그래서 일본에서 더빙판을 만들었는데 국내 영화 팬에게서 "더빙은 텔레비전 같아서 싫다"는 비난을 받아, 결국 배급사는 조조 상영분만 일본어판을 상영하는 것으로 어물쩍 넘어갔다.

나는 당시 그런 사정은 까맣게 모르고 아침 일찍 일어나 영화관으로 출근해, 다행인지 불행인지 일본어판 〈뉘른베르크의 재판〉을 보고 말았다.

내 생각에 그 일본어판은 자막판과 비교해 일장일단이 있었다. 스탠리 크레이머가 의도한 바는 잘 알겠지만 뉘른베르크 재판에서 사용된 법률용어와 정치용어는 일본의 그것과 상당히 달라서, 입으로 줄줄 늘어놓는다고 관객이 그대로 이해할 수 있는 종류가 아니었다. 입으로 전해지는 정보와 문자의 배열로 전해지는 정보 사이에는 정보의 양만으로는 측정할 수 없는 질적인 차이가 있는 것이다.

〈황야의 7인〉 문제

존 스터지스 감독의 〈황야의 7인〉이란 영화가 있다. 구로사와 아키라 감독의 〈7인의 사무라이〉를 스터지스가 각색하고 율 브리너와 스티브 매퀸 등이 출연한 유명한 영화이니 본 사람도 많을 것이다. 나는 그 영화에서 보여준 제임스 코번의 쿨한 매력과 로버트 본의 과장된 연기를 비교적 좋아하는데, 그건 이번 이야기의 핵심과 관계가 없으므로 여기서는 굳이 언급하지 않겠다.

내가 문제삼고 싶은 것은 이 영화의 맨 첫 장면이다. 영화는 멕시코의 한 시골 마을을 멕시코인 산적이 덮치는 장면으로 시작된다. 그건 전혀 문제될 게 없는데, 요는 그 멕시코인들이 서로 영어로 대화를 한다는 것이다. 그것도 참으로 뒤죽박죽인 멕시코 사투리 영어로 "나와 너, 친구다" "너희의 수확 가져간다.

마을 굶주린다" 하는 식이다. 그런 엉터리 영어를 할 바에야 그 냥 스페인어로 똑바로 얘기하면 좋을 텐데, 미국인들의 자막 혐오증은 몹시 철저한 것이라 어쩔 수 없이 그렇게 된 모양이다. 그러면서 "아디오스"나 "바야 콘 디오스" 같은 인사말은 어김없이 스페인어다. 하긴 나처럼 그 바보스러움이 마음에 들어 〈황야의 7인〉을 몇 번이고 거듭 보는 유별난 사람도 있지만.

그러나 최근에는 할리우드의 사정도 크게 변해 영화에 등장하는 독일인은 독일어로, 프랑스인은 프랑스어로 말한다. 그래서 〈소피의 선택〉 같은 영화는 극중에서 상당한 비중을 차지하는 아우슈비츠 장면이 모두 독일어로 이루어져 있다.

근자에 재일 미국인과 〈소피의 선택〉에 대한 얘기를 나눴는데, 그는 "난 독일어도 모르고 일본어 자막도 못 읽으니까 그 아우슈비츠 장면을 전혀 이해할 수 없었어"라고 불평을 늘어놓았다. 안된 얘기다. 리얼리즘이란 에너지를 소모해야 하는 불편한 것이다.

더티 해리 문제

지난번에 영화의 자막은 글자 수가 한정되어 있어 만들기 힘들다는 얘기를 썼다. 특히 〈스타 워즈〉의 C3PO처럼 무턱대고 뭐라고 주절주절 떠들어대는 캐릭터가 나오면 완전히 녹아웃이다.

재미있는 표현의 사투리 같은 것도 전달하기 어렵다. 동음이의어나 말장난 유도 그 묘미를 살릴 길이 없다. 자막을 제작하는 일이란 실로 고달프다. "이거야 원, 번역이라기보다 하이쿠나 카피라이팅의 세계에 더 가깝죠"라고 모 관계자는 말했다.

〈더티 해리 4〉에서 클린트 이스트우드가 인질에게 총을 들이대는 강도를 향해, 개의치 않고 매그넘 총구를 노려보며 "Go ahead, Make my day"라고 위협하는 장면이 있다. 자막은 "자,

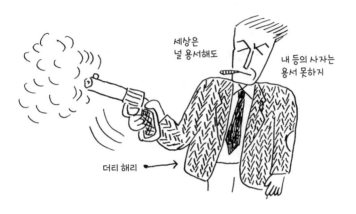

세상은
널 용서해도

내 등의 사자는
용서 못하지

더티 해리 →

쏴봐"였던 것으로 기억한다. 의미상으로만 보면 틀린 게 없지만 너무 군더더기 없이 매끈해 어쩐지 감동이 덜하다. 이 대사는 이 영화에서 중요한 부분이니까, 좀더 비틀어보는 게 좋을 뻔했다.

그러나 이 'Make my day'란 말은 참 번역하기 껄끄럽다. 느낌상으로는 "자, 쏘라고. 나도 한 방 당겨보게" 정도인데, 모처럼의 기회니까 좀더 멋진 대사를 지어내고 싶다. "어디 쏴봐. 나도 원하는 바야." 이쯤이면 더티 해리 캘러핸 형사의 성격에 좀더 가까워진다. 더 멋진 번역문이 완성되거든 가르쳐주세요. 조건은 열일곱 자 이내로 마무리할 것. 제법 어렵죠. 과연 이쯤 되면 하이쿠나 카피라이팅 세계에 가까운 작업이라고 할 수 있겠다.

나는 호놀룰루에서 이 영화를 봤는데, 이런 멋들어진 대사가 나오면 젊은 청년들이 모두 "야호!" 하고 환성을 지르며 즐거워했다. 이런 분위기는 영락없이 내 학생 시절의 도에이 야쿠자 영화와 비슷하다. "세상은 널 용서할지라도 내 등에 새겨진 사자는 널 용서 못하지." 확실히 이런 결정적인 대사를 번역하는 일이란 쉽지 않겠다.

이 칼럼도 드디어 이번 주가 마지막 회

나는 비교적 싫증을 잘 내는 성격이라 일 년 넘게 연재를 하는 법이 없는데, 이 칼럼은 일 년 예정이었던 것이 어쩌다보니 일 년 구 개월이나 이어졌다. 이게 다 안자이 미즈마루 씨의 삽화 덕분이다. 이번에는 내 글 옆에 어떤 그림이 등장할까 생각하면 저도 모르게 만년필을 굴리게 되는 것이다. 그래서 '이번 주에는 뭘 쓰지? 쓸 게 없는데 어쩌나' 하는 고민 없이 매주 '자, 이번에는……' 하면서 쓱쓱 써나갔다. 고마운 일이다.

그리고 이 〈일간 아르바이트 뉴스〉라는 잡지가 주로 젊은층에게 읽힌다는 점도 나에게는 꽤 힘이 되었다.

나는 벌써 허리 부근까지 중년이란 늪에 눅진하게 잠긴 인간이라(주: 미즈마루 씨는 가슴 언저리까지) 새삼스레 젊은이들

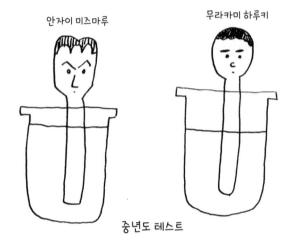

안자이 미즈마루 / 무라카미 하루키

중년도 테스트

에게 잘 보이고픈 생각은 없지만, 그래도 젊은이들을 향해 무언가를 쓸 수 있다는 건 즐거운 일이다.

물론 젊으면 다 좋다는 건 아니고. 젊은 세대에게는 또 젊은 세대 특유의 오만함이나 무심함이 있어서 종종 진저리가 나기도 한다. 하지만 젊은이들의 오만함이나 무신경함은 독립적으로만 기능할 뿐 다른 어떤 권력에 직접 연결돼 있지는 않기 때문에, 젊은이들을 상대할 때는 안심이 된다. 내 나이쯤 되면 이미 여러 분야에서 사회적 권력을 거머쥐기 시작한 사람들이 주위에 산적해 있으니 말이다. 구체적으로 말하면 원성을 살 테니 입 다물겠지만.

아무튼 젊은이를 상대로 일 년 구 개월 동안 이 칼럼을 잡담

반 세상 얘기 반으로 꾸며왔습니다. 젊은 세대를 향한 메시지나 제안, 불평 같은 것은 특별히 없습니다. 열심히 일하고 열심히 나이를 먹기 바랍니다. 나도 그런 식으로 그럭저럭 보통사람 대열에 끼는 중년이 되었으니까.

번외편
설날은 즐거워 (1)

옛날부터 나는 설날이란 날이 아무래도 이해가 잘 안 갔다. 어째서 1월 1일이 설날이고 그날이 새해의 시작인지 알 수 없었다. 필연성이 전혀 없는 듯하다. 이치로 따지자면 동짓날 바로 다음 날부터 새해가 시작된다고 보는 편이 그나마 타당성이 있는 것 같다. 어째서 1월 1일이 한 해의 시작이어야 하는 걸까?

물론 거기엔 무슨 필연성이 있을 것이다. 그렇지 않다면 인류가 몇천 년 동안이나 아무런 불평 없이 그런 관습을 꼬박꼬박 지켜왔을 리가 없다. 그 점에 대해 어렸을 때부터 '알아봐야지, 알아봐야지' 하면서도 아직껏 알아보지 못하고 있다. 머잖아 꼭 알아봐야지.

그런 까닭으로 나는 설날에 대해 좀 회의적이다. 학생 시절에

설날 설날
신나는 설날이다

히끗

도 설날이라고 집에 내려가진 않았다. 그러고는 무엇을 했는가 하니 아르바이트를 했다. 세밑부터 설날 연휴 동안은 특별수당이 붙으니까 이득이다. 주변 사람들은 "설날에도 일하다니 고생이 많군" 하지만 나야 설날 따위 애당초 지키지 않으니까 뭐가 어찌되었든 아무 상관 없다. 부모님과 얼굴을 마주하고 새해 인사를 하고는 시시껄렁한 텔레비전 프로그램을 보느니, 차라리 일하는 편이 낫다.

특히 재미있었던 건 섣달 그믐날 밤 신주쿠에 있는 심야 영화관을 순례하는 것이었다. 밤 열시쯤 시작해 이튿날 아침까지 전부 여섯 편 정도는 본다. 가부키초의 도에이 영화관을 나서면 희끗희끗 날이 밝아 있고, 그렇게 쿨하게 맞는 신년 분위기도 제법 신선했다. 〈홍백가합전〉이나 〈오는 해 가는 해〉 같은 무의미한 프로그램은 구경한 적도 없다.

한데 작년 섣달 그믐날 오랜만에 가부키초를 어슬렁거려봤더니 심야 상영을 하는 영화관이 거의 없었다. 듣자 하니 종업원이나 아르바이트생들이 설날 아침만은 집에 있고 싶어한다는 게 이유였다. 유감스러운 일이다. 몇 번이고 거듭 말하지만 설날 아침이라고 뭐 특별할 건 없잖습니까. 있나요?

번외편

설날은 즐거워 (2)

작년 설날에 이 칼럼에다 "설날은 전혀 재미있지도 특별하지도 않다"는 요지의 글을 썼는데, 올해는 그래도 설날은 즐겁다는 내용을 쓰고자 한다. 나는 이렇게 뒤집어 생각해보기를 좋아한다.

때때로 혼자서 토론을 하며 즐기곤 한다. 예를 들면 '인간에게 꼬리가 있는 편이 좋은가 아닌가' 하는 주제를 놓고 꼬리 지지파 A와 꼬리 배척파 B를 차례차례 연기한다. 그래보면 인간의 의견 혹은 사상 같은 것이 얼마나 불분명하고 임기응변적인지 알수 있다. 물론 그 불분명함과 임기응변적인 부분이 견딜 수 없이 사랑스러울 때도 있지만.

어찌됐든 설날 이야기.

요새 보기 좋네
무라카미

그러게 말야

어서 들게나

　설날이 되면 우리집은 일단 설음식 비슷한 걸 만든다. 연말에
아내랑 같이 쓰키지 수산시장에 가서 방어니 참치니 새우니 채
소니 하는 것들을 잔뜩 사온다. 그러고선 무턱대고 설음식을 한
가득 만든다.

　어떻게 숨기랴, 나는 설음식을 병적으로 좋아한다. 평소 고기
류나 기름진 음식을 거의 먹지 않는 편이라 설음식처럼 생선이
니 채소찜이니 하는 요리가 오밀조밀하게 차려져 있는 것을 보
면 무척 기쁘다. 아마 한 달 정도는 계속 설음식을 먹는대도 질
리지 않을 것이다.

　그리고 떡국도 좋아한다. 내가 닭고기를 싫어하기 때문에 우
리집 떡국은 가다랑어와 다시마로 국물을 내고 방어살과 새우,

미나리, 표고버섯, 어묵, 홍당무, 무, 토란, 구운 떡을 집어넣은 게 전부다. 초이튿날에는 방어 대신 연어살과 연어알, 초사흗날에는 삼치를 넣는다. 이런 것들이 상에 올라오면 가슴이 뭉클해지도록 행복하다.

하지만 음식을 잔뜩 만들어놓은들 우리집은 달랑 두 식구인데다가 아내는 원래 소식하고 나는 절식을 하는 중이라 좀처럼 음식이 줄지 않는다. 그래서 해마다 초사흘쯤 되면 먹는 걸 좋아하는 친구 부부를 불러서 펠리니의 영화처럼 마음껏 먹고 마시게 한다.

그 친구들이 오면 따지도 않은 술병들과 먹다 남은 와인이 싹 없어지고, 상하기 쉬운 음식을 버리지 않아도 되니까 아주 감사하다. 식사가 끝나면 스크램블 게임이나 마작을 하면서 논다.

먹는 것 말고 설날의 좋은 점은 우선 하늘이 깨끗하고 거리가 조용하다는 것. 트럭 같은 대형자동차의 수도 적다. 나는 자동차라는 것에 그리 좋은 감정을 갖고 있지 않으므로 길거리에 자동차가 적다는 것만으로도 꽤 행복해질 수 있다. 설날 아침에 거리를 뛰면 정말 기분이 상쾌하다.

그러나 다른 게 아무리 즐겁다 해도 도쿄 중심부에 살면서 설날을 맞이하는 것만큼 즐거운 일은 없지 않을까. 나는 한동안 센다가야에 살았는데, 그때는 정말 설날이 재미있었다. 우선 섣달

그믐날 저녁나절에 롯폰기의 메밀국숫집 마미아나까지 걸어가
서 메밀국수를 먹고, 신주쿠로 나가 술을 마시고, 가부키초를 어
슬렁거리다 영화를 보고, 하라주쿠의 도고 신사에서 신년 운세
를 뽑아보고, 찻집에 들어가 커피를 마시고, 심야 바겐세일을 하
는 레코드 가게를 기웃거리다가 포장마차에서 다코야키를 먹
고, 다시 걸어서 센다가야로 돌아와 하토노모리 신사에서 제주
를 얻어 마시고 집으로 돌아가, 설음식으로 만든 달걀찜을 반찬
삼아 뜨거운 메밀국수를 먹으면서 홀&오츠를 듣고, 그러고는
잔다. 이게 제야다.

설날 아침에는 일찍 일어나 아카사카까지 걷는다. 이때의 분
위기도 무척 좋다. 거리는 잠잠하고, 넓은 도로가 텅 비어 있다.
공기가 싸늘해 살갗이 따끔따끔하다. 회화관 앞에서 잎이 다 떨어진 은행나무 가로수 길을 지나, 아오야마 거리에서 왼쪽으로 꺾고, 도쿄 마라톤 대회에서 세코가 고메스를 앞지른 언덕길을 내려가면 아카사카에 이른다. 왼편에 도요카와이나리 신사가 있으니 또 여기에 잠깐 들러 다코야키를 먹는다. 그다음은 히에 신사. 히에 신사에서 복고양이를 사고, 힐튼 호텔의 티 룸에서 커피를 마신다. 이렇게 설날에 시내 한복판을 산책하노라면 도쿄란 정말 좋은 곳이구나 하는 생각이 절로 든다. 하늘에 스모그도 없고, 자동차도 적고, 오가는 사람도 적어서 무척 느긋한 기분을 만끽할 수 있다. 행복하다. 매일이 설날이라면 나는 기꺼이 도쿄에 살고 싶은데, 내 뜻대로 되진 않는 노릇이라 지금은 지바에 살고 있다만.

나는 설날에는 되도록 남의 집에 가지 않는다. 텔레비전 소리가 너무 시끄럽기 때문이다. 너무 불평만 늘어놓고 싶진 않지만,

설날의 텔레비전 프로그램에서는 왜 그렇게 다들 소리를 왁왁 지르는 걸까? 온 일본 땅이 일 년 내내 히스테리컬할 정도로 시끄러우니 설날 연휴 사흘 동안만이라도 전국의 텔레비전과 라디오 방송을 중단하면 좋을 텐데, 하고 나는 생각한다. 자동차 운전도 제한하면 좋겠다. 그러면 일본 전국이 조용해질 것이다. 설날에는 모두 조용하게 떡국을 먹읍시다.

그런데 인간에게 꼬리가 달려 있다면 지우개 가루를 털어낼 때 굉장히 편리할 것 같지 않습니까?

。
무라카미 하루키
&
안자이 미즈마루

지쿠라의 아침식사

안자이 미즈마루에게 듣는다 1

지바현 출신의 유명인 안자이 미즈마루 씨에게서 지쿠라 이
야기를 들어보려 합니다. 지쿠라는 아시다시피 지바현 최남단
에 있는 어촌입니다. 아주 조용하고 멋진 곳이라 나도 좋아하죠.
옛날 쇼치쿠 영화 〈그림자의 차車〉의 무대이기도 했는데, 그때
지쿠라란 동네를 좋아하게 되어 몇 번 놀러갔습니다.

하루키 음, 톳으로 이를 닦는 얘기부터 하고 싶군요.

미즈마루 아, 톳이요. 다음에 한번 가져와보죠.

하루키 고맙습니다, 저 톳 좋아하거든요. 그런데 톳으로 이를
닦는 그림은 아무래도 떠오르지 않아요.

미즈마루 우리집은 사실 지쿠라에서도 시라하마에 가까운 터

톳으로 물안경을 닦는다

라 바위가 많아요. 해변이 온통 돌인데, 거기에 톳이 다닥다닥
자라 있죠. 벨벳처럼 쫙 깔려 있어서 잘못 밟으면 미끄러지기도
하고요. 그걸 뜯어서 입에 넣고 두세 번 씹습니다. 껌처럼 말이
죠. 날것이라 그냥 먹을 수는 없으니까 다시 뱉어내는데, 그러면
이를 닦은 것이나 다름없어요. 왜 칫솔 중에 고무로 된 것이 있
잖아요? 그것과 똑같죠. 탄력이 있고, 소금기도 있으니까.

하루키 소금 치약인 셈이로군요. 지쿠라 사람들은 모두 톳으
로 이를 닦나요?

미즈마루 아니, 그런 건 아닙니다. 제가 가끔 그럴 뿐이지 다른
지쿠라 사람들은 안 그래요.

하루키 미즈마루 씨 혼자만 그러는 거로군요.

미즈마루 그렇습니다.

하루키 보편성은 없네요.

미즈마루 없어요.

하루키 흐음.

미즈마루 하지만 왜, 안경을 닦을 때 있잖아요. 물안경 같은 건 다들 톳으로 닦습니다.

하루키 톳으로 안경을?

미즈마루 다들 그렇게 해요. 그러면 김이 안 서리거든요. 해녀들도 톳으로 물안경을 닦죠. 왜 그런지는 몰라도 그러면 기름기가 깔끔하게 닦여요. 유리에 낀 기름기까지. 톳이란 놈은 여러 가지로 쓰임새가 많죠.

하루키 그래도 역시 먹을거리로 쓰이는 경우가 가장 많지 않을까요.

미즈마루 아니죠, 먹는 사람은 별로 없어요. 톳 말고도 먹을 게 얼마나 많은데요. 전복, 소라, 미역, 그리고 왜, 그거 있잖아요, 돌김.

하루키 돌김?

미즈마루 돌김 먹어본 적 없습니까?

하루키 없는데요.

미즈마루 겨울이 되면 바위에 돋아나요. 이끼 같은 거죠. 파란

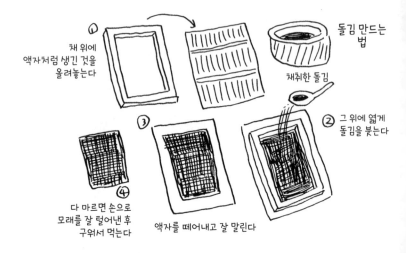

돌김 만드는 법

① 채 위에 액자처럼 생긴 것을 올려놓는다

채취한 돌김

② 그 위에 얇게 돌김을 붓는다

③

④ 다 마르면 손으로 모래를 잘 털어낸 후 구워서 먹는다

액자를 떼어내고 잘 말린다

색과 검은색이 있는데, 검은색이 질이 더 좋습니다. 그거 아주 맛있어요. 우리는 돌김이라고 하는데.

하루키 그건 뜯어서 날것으로 먹을 수 있습니까?

미즈마루 채취해서, 네모난 액자처럼 생긴 게 있어요, 그리고 대나무로 된 채가 있는데 거기에다 액자를 올려놓고 깨끗하게 모래를 털어내죠. 그리고 바구니 같은 데다 돌김을 부은 뒤 얇게 펴서 하루나 이틀 말려요. 김을 만드는 방법이랑 똑같아요.

하루키 흐음, 흐음.

미즈마루 그리고 또 파래란 것이 있어요.

하루키 파래?

미즈마루 한자로 어떻게 쓰는지는 모르겠는데, '波菜'던가……
미역보다 좀 작아요. 미역은 잎이 넓적하잖아요. 그보다는 작아
요. 역시 돌김이랑 같은 방식으로 만드는데, 아주 맛있어요.

하루키 그것도 그냥 먹나요?

미즈마루 아니죠, 구워서 접시에 담고, 뜨거운 물을 살짝 부어
서 부드럽게 만든 후에 간장을 조금 뿌려요. 간장으로 맛을 내
는 거죠. 그리고 밥 위에 얹어 먹어요.

하루키 맛있겠는데요.

미즈마루 다음에 한번 가져오겠습니다, 전부. 옛날에는 파래
가 참 많았는데 요즘은 고급 식재료가 돼버려서, 도쿄의 요릿집
에서도 사러 옵니다. 요즘엔 통 구하기가 어려워요. 그래도 겨울
에 가면 구해오죠.

하루키 먹어보고 싶군요. 다시 톳 이야기로 돌아가서, 톳 조림
같은 건 안 먹습니까? 콩이나 유부를 넣어 조린……

미즈마루 안 먹습니다, 보통은요. 축하할 일이 있을 때는 먹기
도 하지만.

하루키 헉…… 축하 자리에서 톳 조림을 먹는다고요?

미즈마루 네. 시치고산* 같은 날에 손님을 많이 부르면 음식도

---

* 어린아이의 성장을 축하하는 행사.

그만큼 준비해야 하잖아요. 그럴 때 톳을 무친 걸…… 톳은 원래 그런 날에 먹는 겁니다.

하루키 그렇군요. 반찬이라는 느낌이 강한데, 평소에는 안 먹는군요.

미즈마루 안 먹죠. 길 가다보면 널린 게 톳인데.

하루키 하아, 그럼 지쿠라 사람들은 평소에 뭘 먹는데요?

미즈마루 생선을 먹죠, 주로.

하루키 아침식사부터 설명해주시죠.

미즈마루 음, 아침에는 역시 돌김이나 전복 같은 걸……

하루키 아침부터 전복을 먹는군요.

미즈마루 전복 회 같은 거요. 음, 길 가다 사과가 떨어져 있으면 다들 줍지만, 전복이 떨어져 있으면 아무도 안 주워요, 지쿠라에서는.

하루키 하하하……

미즈마루 그리고 소라를 달콤하고 간간하게 조린 거. 그다음으론 따끈따끈한 밥과 울타리고둥을 먹죠.

하루키 울타리고둥?

미즈마루 울타리고둥 모릅니까?

하루키 모르겠는데요.

미즈마루 왜, 바다에 가면 자잘한 조개 같은 게 많잖아요. 그걸

288

니다. 밀물 때가 되면 그런 조개들이 아주 많이 나오니까 그걸 캐다가 삶는 거죠. 그리고 바늘로 까요. 실바늘로.

하루키 하아.

미즈마루 속을 까내면 튀겨요. 굴튀김 같은 거죠. 살짝 데친 파랑 같이 된장에 무치기도 하고요.

하루키 맛있겠는데요.

미즈마루 맛있죠, 당연히.

하루키 된장국은 어떻게 끓이나요?

미즈마루 음, 된장국은 풀가사리를 넣어 끓입니다. 해초인데, 좀 끈적끈적하지만 곧잘 된장국에 넣어서 먹어요. 그리고 삿갓조개도.

하루키 삿갓조개?

미즈마루 왜, 바위를 보면 삿갓처럼 생긴 게 딱 들러붙어 있잖아요, 그거예요. ……그리고 또 뭐가 있지. 아, 거북손이란 조개.

하루키 거북손???

미즈마루 후후후……(웃음), 왜 바위 틈새에 손톱처럼 생긴 게 들러붙어 있잖아요. 그겁니다. 삿갓조개 된장국은 정말 맛있어요. 그리고 게. 무늬발게를 말이죠, 음, 다리는 뜯어내고 등딱지만으로 된장국을 끓여요.

하루키 등딱지만으로요?

미즈마루 국물을 내는 건데, 이게 또 맛이 기가 막힙니다. 게 완탕이라는 거 있잖아요. 그것과 비슷하죠.

하루키 게 자체는 안 먹나요?

미즈마루 먹고 싶은 사람이야 먹지만, 보통은 안 먹죠. 국물을 내기 위한 거니까.

하루키 야, 맛있겠는데요. 그러니까 아침을 보통 그렇게?

미즈마루 그렇습니다. 그렇다고 이걸 다 한꺼번에 먹는 건 아니고, 그중에 몇 가지만.

하루키 음, 톳이 나설 자리가 없군요.

지쿠라의 저녁식사

안자이 미즈마루에게 듣는다 2

지난번 '지쿠라의 아침식사' 편에 이어 안자이 미즈마루가 '지쿠라의 저녁식사'에 대해 이야기합니다. 맛있겠는데요.

하루키 그럼 저녁은 어떤가요?

미즈마루 생선이죠. 그리고 역시 조개류. 회도 먹습니다.

하루키 지쿠라에서는 주로 어떤 생선을 먹죠?

미즈마루 전갱이 회가 맛있어요.

하루키 먹고 싶군요.

미즈마루 전갱이 회, 정어리 회, 그리고 꽁치.

하루키 갓 잡은 정어리 회는 정말 맛있죠.

미즈마루 당연히 맛있죠. 나는 전갱이 회를 좋아해서 지쿠라에 가면 곧바로 전갱이부터 먹는데, 그럼 다른 회는 먹을 수가 없어져요. 개복치 회는 간혹 먹지만요.

하루키 개복치 회?

미즈마루 개복치 회 맛있습니다. 흰살이라서.

하루키 보통 일반적으로 먹는 생선회는 없나요? 참치나 방어 같은 거요.

미즈마루 있죠. 청새치 같은 거. 하지만 지쿠라 사람들은 주로 정어리나 전갱이를 즐겨 먹습니다. 그리고 소라나 전복 내장을 식초에 찍어 먹는 사람도 있어요.

하루키 대단하군요.

미즈마루 그리고 삶은 대하도 먹고요. 이렇게 살을 발라서 생강맛 간장에 찍어 먹죠. 게는 없어요. 커다란 게는. 전에 말한 조그만 게 정도(아침식사 편 참고)가 다죠. 조그만 건 얼마든지 있어요. 그리고 채소. 오쿠라라든지. 오쿠라를 거기선 네리라고 해요. 오쿠라는 원래 영어잖아요.

하루키 호텔 오크라처럼요.

미즈마루 맞아요. 그 오쿠라가 지쿠라 특산품이거든요. 우리 집에서도 아주 오래전부터 먹었어요. 전쟁 때 인도차이나 쪽에서 포로로 잡혔던 사람이 가져왔다는 것 같은데. 꽃이 참 예쁩니다. 달맞이꽃 비슷하게 생겼어요. 오쿠라 키워본 적 없죠?

달걀 세 개

따개비

오쿠라 한 개

오쿠라 한 개에는
달걀 세 개의 영양가가 있다
영어로는 오크라(okra)

따개비

바위

따개비 캔는 법

무늬발게는 작지만 같이 끓이면
국물 맛이 아주 좋아진다

망치

옆에서 톡 치면
바위에서 탁 떨어진다

무늬발게

하루키 네, 오쿠라 꽃은 본 적이 없군요.

미즈마루 다음에 가져와보죠. 잘 자랍니다. 오쿠라를 참 많이 먹었어요. 달걀 세 개 정도의 영양가가 있다고 해서……

하루키 명란 세 개?

미즈마루 아니, 달걀* 세 개요.

하루키 지쿠라에서 귀한 식재료로는 뭐가 있죠?

미즈마루 물론 고기죠. 지금은 아니지만 옛날에는 정육점이 한 군데도 없었으니까요.

---

* 일본어로 명란은 '다라코', 달걀은 '다마고'로 발음이 비슷하다.

하루키 명절이나 경사 때는 어떤 음식이 나옵니까?

미즈마루 우선 오곡밥이죠. 그리고 도미 한 마리를 통째로 요리한 것, 회. 또 조림도 있고요. 우엉과 톳 조림 같은 것들. 누에콩이나 완두콩을 넣어 밥을 짓기도 하고.

하루키 생선을 넣어 밥을 짓는 경우는 없나요?

미즈마루 없어요. 생선이 신선하니까 주로 회로 먹지 밥에다 넣지는 않아요. 그리고 쏨뱅이처럼 간단히 잡을 수 있는 생선은……(이 뒤로는 잘 들리지 않았습니다. 실은 이 인터뷰는 시부야의 재즈 바 비슷한 데서 하고 있는 터라, 도무지 시끄럽기 짝이 없어요. 지금은 쳇 베이커의 노래를 틀어놓았군요)……쏨뱅이의……는 조림니다. 달달하면서 짭짤하게. 그러면 살도 잘 발라지고 맛있어요. 그리고 젓갈도 만들죠. 청새치 젓갈. 맛있습니다.

하루키 얘기를 들으니 지쿠라도 상당히 풍요로운 곳이로군요.

미즈마루 풍요롭죠. 꽃을 키우는 지역도 있으니까요. 어촌은 보통 산자락이 죽 이어져 있는 경우가 많은데, 지쿠라는 평야가 좀 있어서 농업도 가능하거든요.

하루키 서양 요리는 없나요?

미즈마루 없어요, 그런 건. 중국 요리도 없는걸요.

하루키 스파게티나 그라탱 같은 건……?

미즈마루 없어요. 그런 걸 먹으면 다들 구경하러 옵니다. 크리스마스트리도 내가 지쿠라에서 처음으로 만들었을 정도예요. 어렸을 때였는데, 산에서 나무를 잘라오고 이불 가게에 가서 예쁜 솜을 얻어와 만들었죠. 그랬더니 신문에 났습니다.

하루키 그거 굉장한데요.

미즈마루 난 크리스마스트리를 몹시 동경했거든요. 무척 만들고 싶었어요. 그래서 뉴욕에서 크리스마스트리를 봤을 때는, 이게 옛날부터 그렇게나 동경했던 진짜 크리스마스트리구나 싶어 가슴이 다 뭉클해졌습니다.

하루키 아무튼, 결론적으로 지쿠라의 음식 중에서 추천할 만한 게 있다면……

미즈마루 그야 물론 전복과 대하죠. 그 두 가지만은 얼마든지 먹을 수 있어요. 옛날에 한창 이토이 군 등과 어울려다닐 무렵에, 내가 지쿠라에 가서 전복을 하도 많이 먹어 관자놀이가 아프다고 했더니, 그 친구는 군마 출신이잖아요. 그러니까 해산물이 별로 없다고,

하루키 곤약밖에 없죠.

미즈마루 약올리는 거냐고 하더라고요. 하지만 정말로 지쿠라에 가면 관자놀이가 아파집니다. 어렸을 때는 세시쯤 되면 어머니가 전복이랑 소라 같은 걸 솥에다 삶아줬어요. 그러면 과자처

럼 간식으로 먹었죠.

하루키 흐음, 간식으로 전복이라.

미즈마루 그때는 물론 별로 맛있게 느끼지 못했지만, 먹을 게 그것밖에 없었으니까요. 소라를 구워주기도 했어요. 그런 걸 먹으려면 턱 근육을 많이 써야 하니까 관자놀이가 아플 수밖에요. 지우개를 씹어 먹는 거나 다름없으니. ……이토이 군을 화나게 한 적이 또 있어요. 그 친구가 대합의 관자는 이렇게 비틀어 떼어내서 먹으면 된다고 하기에, 내가 우리집에선 관자 같은 걸 먹으면 혼난다고 했거든요. 관자는 조갯살로 안 쳐주니까요. 살이 잔뜩 있는데, 껍데기에 붙어 있는 것까지 굳이 뜯어내진 않아요. 본의 아니게 상처를 준 것 같아서 아직도 신경이 쓰입니다.

하루키 우미사치 야마사치 전설* 같군요.

미즈마루 그리고 따개비도 있어요. 그것도 맛있어요, 무라카미 씨. 꼭 게살 같거든요. 따개비 알죠? 그걸 망치로 톡 쳐서 떼어냅니다.

하루키 망치로요?

미즈마루 쉽게 떨어져요. 그걸 삶아서 살을 발라 먹죠. 맛이 짭조름한 게 아주 맛있어요.

---

* 각각 낚시와 사냥이 장기인 두 형제의 갈등을 그린 일본 고대 신화.

하루키 다 같이 언제 단체여행이라도 가서 먹고 싶군요. 지쿠라 투어, 뭐 이런 식으로…… 몸을 조금만 움직여 지쿠라에 가면 따개비를 먹을 수 있으니.

미즈마루 따개비 정도야 원하는 만큼 얼마든지 먹을 수 있어요.

하루키 갑시다!

지쿠라 서핑 그라피티
안자이 미즈마루에게 듣는다 3

하루키 미즈마루 씨는 지바현의 지쿠라에서 소년 시절을 보냈는데, 들리는 바에 따르면 서핑을 곧잘 하셨다고요.

미즈마루 네, 판때기로 보드를 만들어서 파도타기를 했죠. 어린 시절에 크기는, 음, 내 키의 절반쯤 될까.

하루키 서프보드보다는 작군요.

미즈마루 작아요. 빨래판을 생각하면 될 겁니다. 폭은 30센티미터 남짓. 그걸 이렇게 배에다 갖다대고 손을 앞으로 뻗어요. 그리고 엎드리는 거죠. 보통 서핑과 보디 서핑이 섞인 듯한 거예요. 그러니까 파도를 타면 꼭 턱을 괴고 있는 듯한 자세가 되죠. 그렇게 해서 뭍까지 촤악 나아가는 겁니다.

하루키 그럼 보통 서핑과 마찬가지로 바다 한가운데까지 헤

적란운

이 상태로
200미터는 타야 한다

뒤를 보며 파도의
높이를 가늠한다

파도가
몰려온다

포인트

동물 이름이
붙어 있음

엄쳐가서, 판에 매달려서 파도를 기다리나요?

미즈마루 기다릴 때도 있고, 아니면 암초가 있잖아요. 대개 그리 크진 않지만. 그게 대충 어디쯤에 있는지 감으로 느껴지거든요. 그리고 암초 하나하나에 이름이 붙어 있어요. 구별하기 위해서. '소'라든가 '말' 같은 식으로 말이죠.

하루키 소, 말……?! 왜 그런 이름이 붙은 걸까요?

미즈마루 음, 잘은 모르겠지만 그냥 기억하기 쉬워서가 아닐까요. 어쩌면 파도가 이는 형태와 무슨 관계가 있을지도 모르겠군요. 하지만 특별히 연구해본 적은 없습니다. 모두들 그렇게 부르니까요. 소니 말이니 하고…… 아무튼 거기에 서서 파도를 기다려요. 규모가 작은 파도는 그대로 보내고, 큰 것을 기다리죠.

하루키 빅 웬즈데이*로군요.

미즈마루 그래요, 빅 웬즈데이. 서핑을 할 만한 파도는, 클 때는 세 번씩 연달아 밀려와요. 작은 것 여덟 번에 큰 것 세 번 정도로.

하루키 프로군요.

미즈마루 프로죠. 그러니까 맨 처음 큰 파도를 놓치면 두번째에는 서 있을 수도 없어요.

하루키 그렇게 파도가 큰가요?

미즈마루 아무래도 바다가 깊으니까요. 그렇게 되면 어떻게든 암초에 발을 딛고 그다음 파도를 기다려야 하죠.

하루키 암초는 대개 좁잖아요.

미즈마루 그렇죠, 이 테이블 정도의 폭이에요. 거기에 대여섯 명이 모여서 한쪽 다리를 가볍게 암초에 올려놓고는 파도를 기다리는 거예요. 그러다가 제일 처음에 온 파도를 탔는데 도중에 혹 떨어지기라도 하면, 줄지어오는 두번째 세번째 파도에 휩싸여서 큰 봉변을 당하고 말아요. 그럴 때는 판때기를 파도가 밀려오는 쪽을 향해 냅다 던져버리죠. 바다 쪽으로요. 그러고는 물속으로 잠수해서, 그 왜, 감태라는 게 있잖아요. 바닷속에.

하루키 감태?

---

* 거대한 파도를 뜻하는 서핑 용어. 동명의 영화도 있다.

미즈마루 감태라고, 이 정도 폭의 해초 비슷한 게 있거든요. 단단히 뿌리를 내리고 있는. 그걸 이렇게 꽉 잡고 있는 거예요.

하루키 흠……

미즈마루 뿌리를 붙들고 기다리고 있으면 파도가 지나가는 게 느껴져요. 그래서 위로 올라오면 아까 내던졌던 판때기가 바로 그 언저리에서 맴돌고 있거든요. 그런 여러 가지 테크닉이 있답니다, 후후후.

하루키 얘기를 하면 할수록 프로군요.

미즈마루 음, 저, 쇼난 같은 데서 서핑을 하는 사람들 있잖습니까. 그게 이해가 안 가더라고요. 이나무라가사키 같은 데도 마찬가지예요. 거긴 파고도 형편없고 잘 일렁이지도 않거든요. 그런 데에 비하면 지쿠라의 파도는 정말 사람을 흥분케 해요.

하루키 쇼난은 안 되겠군요.

남자에게 '이른 결혼'은 손해인가 이득인가
안자이 미즈마루에게 듣는다 4

하루키 요즘에도 학생 신분으로 결혼하는 사람들이 더러 있을까요?

미즈마루 글쎄…… 어떨지요.

하루키 어떤가요? (옆사람에게 묻고는) 역시 그다지 많지 않죠.

미즈마루 나는 정확하게 말해 학생 결혼은 아니에요. 졸업하고 나서 결혼했죠. 졸업 전에는 결혼 못 시킨다는 보수적인 집안에서 자란 터라, 나 자신도 학생 신분으로 결혼한다는 생각을 못했어요. 열아홉 살쯤에 서로 알게 되었지만 결혼식이란 걸 올린 것은 취직을 한 뒤, 스물세 살 때 일입니다.

하루키 저랑 거의 비슷하군요. 저도 서로 알게 된 것은 열여덟인가 열아홉 살 때이고, 결혼은 스물두 살 때 했으니까요.

미즈마루 아직 학생이었단 말인가요?

하루키 칠 년이나 대학에 적을 두고 있었으니까요. 아내는 오년. 그쪽이 이 년 먼저 졸업했죠. 하지만 결혼하고 나선 곧바로 장사를 시작했어요. 일단은 학생이지만, 동시에 가게도 운영한 거죠.

미즈마루 고쿠분지에 있는, 재즈를 틀어주는 카페였죠.

하루키 안자이 씨 부부는 어떤 경위로 알게 됐나요?

미즈마루 얘기하면 길어질 것 같은데(웃음).

하루키 그래도 듣고 싶은데요.

미즈마루 나는 니혼대학 예술학부에서 그래픽디자인을 공부하고 있었어요. 우리집이 건축설계회사를 했던 터라 보통 같으면 건축과쯤은 가야 할 텐데 그래픽을 했죠. 좀 켕기는 데가 있어서 밤에는 학원에 다니며 인테리어디자인 공부를 했습니다. 거기에서 우연히 나란히 앉아 말을 튼 것이 계기였죠. 까마귀 입(제도용구) 같은 것을 내가 깜빡하고 안 가지고 가서 빌려 썼거든요.

하루키 그러고 보니 저희도 첫 수업 시간에 나란히 앉았어요. 와세다에서, 전공은 달랐지만 같은 강의를 들었거든요. 토론도 같이 했죠. 가쿠마루파* 학생이 앞에 나와 "교수님, 오늘은 토론을 할 테니 강의는 생략해주시죠" 하면 교수는 "네" 하고 돌아가버리고, 매일이 그랬습니다.

미즈마루 우리 때는 빈자리라도 그 옆에 여학생이 있으면 선
뜻 가서 앉지 못했죠. 남녀가 동석하는 경우는 어쩌다가 도저히
다른 수가 없을 때야 할 수 없이 그러는 분위기였습니다.

하루키 음, 그때 토론 주제가 '미국 제국주의의 아시아 침략'
이란 거였는데요. 아내는 당시 아무것도 몰랐던 터라 내게 이것
저것 물었습니다. 제국주의가 뭐야? 하면서요. 미션계 여학교를
나와서 그런 걸 전혀 몰랐나봐요. 저도 나름 성실하게 가르쳐주
었죠. 그러는 사이에 친해졌어요.

미즈마루 나랑 무라카미 씨가 아마 여섯 살 차이죠. 내가 마흔
하나고, 무라카미 씨가 서른다섯.

하루키 벌써 꽤 오랫동안 결혼생활을 해온 셈이군요.

미즈마루 그런 셈이군요(웃음).

하루키 결혼을 너무 일찍 했다 싶을 때는 없습니까?

미즈마루 없습니다. 결혼을 했든 안 했든 하고 싶은 일은 다 했
으니까(웃음). 그렇다고 불미스러운 사건은 없었지만 말입니다.

하루키 저도 지금의 결혼생활이 충분히 재미있다고 생각해
요. 딱히 후회스러운 마음도 없고. 이만큼 재미있는 인생을 살아

---

* 학생운동 당시에 활동한 신좌익의 일파.

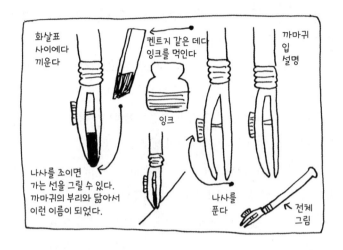

화살표
사이에다
끼운다

켄트지 같은 데다
잉크를 먹인다

까마귀
입
설명

잉크

나사를 조이면
가는 선을 그릴 수 있다.
까마귀의 부리와 닮아서
이런 이름이 되었다.

나사를
푼다

전체
그림

본 적도 없었으니까. 하지만 아무런 문제 없이 곧바로 결혼으로 골인한 건 아니에요. 내게는 당시 사귀는 여자가 있었고 아내도 이런저런 일이 있어서, 둘 사이가 순조로워지기까지는 역시 몇 년이 걸리더군요. 요컨대 그사이 각자 하고 싶은 일을 하다가 적당한 시기에 합쳤다는 얘기죠. 2학년 때까지는 그냥 친구라는 감정으로 만났더랬어요.

미즈마루 내게도 당시 사귀던 여자가 있었는데, 별로 잘 맞지 않았다고 할까, 마침 그럴 때쯤에 알게 되었습니다. 까마귀 입 덕분에(웃음). 그쪽은 직장을 다니고 있었어요. 학원 수업이 끝나고 돌아가는 길에 혹여 같이 차라도 마시게 되면 계산을 해주곤 해서, 아, 이런 것도 괜찮네 싶었죠. 책도 비교적 즐겨 읽었고 영화 같은 것도 좋아했어요.

하루키 요즘 젊은이들이 읽는 잡지를 보고 생각한 건데, 지금 젊은이들은 돈이 없으면 별로 흥이 안 나는 모양이더군요. 그렇지 않은가요? 옷차림에도 제법 신경써야 하고, 특히 차가 없으면 일이 잘 안 풀리는 그런 경향이 있죠.

미즈마루 있죠. 쇼난 같은 곳은 차가 없으면 가자는 말도 못 꺼내죠. 도요코선 전차를 타고 갈 수는 없잖아요(웃음).

하루키 우리가 젊었을 때는 돈이 없어도 그다지 심심치 않았는데요. 부끄럽지도 않았고. 오히려 돈이 많은 게 이상할 지경이었으니.

미즈마루 좌우지간 둘이서 커피를 마실 돈이 있고, 가끔가다 영화나 보러 갈 수 있으면 그게 최고의 사치였죠, 정말 재미있었습니다. 길을 걷는 것만으로도 즐거웠으니까요.

하루키 돈 생각을 하기 시작한 건 결혼을 하고 나서였죠(웃음). 가게를 내는 데 빚을 졌어요. 한 500만 엔 정도 들었는데, 아내랑 둘이서 아르바이트해서 모은 돈이 200만 엔 정도 있었고, 나머지는 은행에서 빌렸죠. 얼마였더라. 250만 정도였나. 계산이 안 맞는데(웃음). 아무튼 나머지는 빚.

미즈마루 나도 빌렸어요. 나는 세상 물정에 어두운 철부지라

결혼하면 집이 꼭 있어야 하는 줄로만 알았거든요. 부동산 사무소에서 여기저기 둘러보는 사이 아무래도 사야겠다는 생각이 들더라고요. 본가가 도시 한복판에 있어서 숲이 있는 곳이면 좋겠다 싶어 이노카시라 공원 근처에다 턱하니 집을 사고 말았죠. 350만 엔이었던가. 1965년의 일입니다. 은행에서 170만 엔을 빌렸죠. 둘 다 일을 했으니까, 조금씩 갚아나갔더니 갚아지더군요.

하루키 그래요. 빚이란 아주 바람직하죠.

미즈마루 열심히 일하게 되니까.

하루키 연대감 비슷한 것도 생기고 말입니다.

미즈마루 그렇게 생각하면 역시 일찍 결혼하길 잘했다는 얘기가 되는데, 어째 학생 결혼의 장점만 열심히 선전하는 대담 같은데요(웃음).

하루키 아무래도, 도움닫기가 길었던 만큼 결혼 후에는 아주 편했어요.

미즈마루 연애란 어느 한쪽이 앞서 돌진하면 대개 실패로 끝나죠. 처음에 남자 쪽이 너무 열을 올리면 여자 쪽이 이상한 자신감을 가져서 거만을 떨고, 거꾸로 여자 쪽이 푹 빠지면 남자 쪽은 지나치게 여유를 부리게 되고. 비슷한 속도로 꾸준하게 진행돼야 해요. 서로 비슷한 정도로 좋아하면서, 점점 가까워지는 게 좋죠.

하루키 저는 얼른 결혼하고 싶다는 마음이 간절했습니다. 아마 제가 외동인 탓이었겠죠. 집에는 늘 부모님 같은 윗사람밖에 없으니까, 항상 종속적일 수밖에 없잖아요. 하루라도 빨리 나만의 세계를 갖고 싶었어요. 그리고 또 상대도 상대 나름이라, 이 사람이라면 괜찮겠다 싶은 확신이 서면 서른에 결혼을 하든 스물하나에 결혼을 하든 상관없죠. 망설이다보면 오히려 필요 이상으로 주저하게 돼요.

미즈마루 반대로 여자가 빨리 결혼하려는 경우는 좀 힘들지도 모르겠군요. 남자 쪽이 앞으로 어떻게 될지 모르잖아요. 나 같은 경우는 여자 형제가 압도적으로 많기 때문에, 좀 이상한 얘기지만 여자가 옆에 없으면 안 된다는 부분도 조금은 있거든요. 이 사람이다 싶은 사람이 나타나면, 아, 이 사람만 함께 있어주면 틀림없이 만사형통이지 않을까 하고 자연스럽게 생각하고 말죠.

하루키 흔히들 남자는 만혼이 좋다는 얘기를 하잖아요. 독신일 때 여러 여자들과 알고 지낼 수 있으니. 하지만 말이에요, 냉정하게 생각해보면 어느 때든 반드시 일어나는 일의 양이란 일정하거든요. 독신이라고 여자관계가 늘어난다든가 그런 건 아니죠.

미즈마루 도리어 결혼한 사람 쪽에 그럴 기회가 더 많지 않을

까요.

　하루키 너무 이런 얘기만 하면 좀 위험하지 않겠어요(웃음).

　미즈마루 근래에는 맵싸한 무가 별로 없죠(웃음).

　하루키 음, 전부 두루뭉술한 맛밖에 안 나요.

　미즈마루 그럼, 화제를 바꿨으니 다시 다른 얘기를 할까요(웃음).

　하루키 오랜 결혼생활이지만, 전 서로가 변했다는 기분이 안 듭니다.

　미즈마루 여행을 떠나거나 커피를 마시거나, 그럴 때의 즐거움에는 변함이 없죠.

　하루키 남자 쪽이 인생을 포기하고 이즈음에서 그럭저럭 됐다고 생각하거나, 가정이란 어차피 이 정도 것이라고 생각하게 되면, 그걸로 끝장이 아닐까 싶은 생각이 들어요. 우리 부부 같은 경우는 서로가 대등하다는 긴장감이 있고, 상대방에게 얕보이고 싶지 않다는 감정도 있죠.

미즈마루 다소 변했다 하더라도 그땐 또 그때대로 이해해보려는 마음이 남자 쪽에 있으면 되는 거죠. 인간이란 언제까지나 상대방의 마음에 드는 모습일 수는 없으니까요.

하루키 생활 속의 긴장감은 스스로 만들어나가야 한다고 생각합니다. 스릴이라고 할까요. 이 점은 결혼을 했든 독신이든 마찬가지 아니겠어요.

미즈마루 피곤하긴 해도요. 하지만 집안에서의 몸가짐 같은 것도 지키다보면 재미있어요. 아무런 격식도 차리지 않고 살아가는 것은 별로 좋지 않은 것 같아요.

하루키 가령 말이죠, 전 집안에 있어도 절대 지저분한 옷을 입지 않아요. 항상 단정하게 하고 있죠. 그게 거의 습관이에요.

미즈마루 곧잘 회사에 다니는 사람이 집에 돌아오면 텔레비전만 보다가 자곤 하잖아요. 나는 샐러리맨이던 시절에도 한 번도 그래본 적은 없어요.

하루키 저는 우선 아내가 무슨 얘기를 하면 귀를 기울여 듣고, 그 감상을 얘기해줘요. 목욕 후에 팬티 하나만 입고 뒹굴거리는 그런 일도 없고요. 아침엔 반드시 수염을 깎고. 사소한 일이지만 남들 앞에서는 방귀도 뀌지 않고. 그 정도는 기본적인 거죠. 아내가 만들어준 음식이 맛있으면 "잘 먹었어요"라고 말한다든가, 아내가 식사 준비를 하면 나는 설거지를 한다든가, 내 주변은 스스로 말끔하게 정리한다든가, 내 옷은 내 손으로 다림질한다든가, 그리고…… 뭐야, 무슨 얘기를 하고 있는 거죠(웃음).

미즈마루 조금 다르긴 하지만 기본적으로는 같군요, 우리 부부도.

하루키 우리 같은 경우는 청소년의 연장선상에 있는 거나 다름없으니까, 서로 분명하게 규칙을 정해서 지켜나가지 않으면 안 될 것 같은 기분이 있거든요. 우리가 젊었을 무렵은 아이비 전성기에 VAN JACKET 시대였죠. 좀 멋을 부렸어요. 결혼하고 나서도 역시 어느 정도 그런 걸 챙겨야겠단 느낌이 들어요. 조깅을 하고 집으로 들어서기 전에도 호흡을 가다듬고, 땀도 닦고 말이에요(웃음).

미즈마루 서로 잘 알고는 있지만, 그래도 아직 미지의 부분이 있을지도 모른다는 긴장감. 그게 사라지면 맥없이 축 늘어지고 말죠.

하루키 제가 사는 동네는 거의 샐러리맨 가정이라서 낮에는 여자들밖에 없어요. 그런데 가만 보고 있으면 실망스럽습니다.

너저분한 차림이에요, 다들. 단정치 못하죠. 슬리퍼를 끌고 나와 바겐세일하는 생리대를 한아름 사들고. 어쩐지 넋 놓고 살고 있는 느낌이에요.

미즈마루 그건 안 되죠. 역시 야무진 사람은 깔끔한 얼굴로 시장을 보는걸요. 나이를 먹어도 멋진 여성들이 있잖아요. 그런 사람들은 분명히 나름대로 뭔가를 하고 있는 겁니다.

하루키 자기의 생활 스타일은 자기 스스로 만드는 수밖에 없죠. 그렇지만 이십대 초반에는 무언가에 정신 팔려 지내고, 그다음은 그저 열심히 나이를 먹어갈 뿐이라…… 시간이 걸리지만, 일부러 멀리 돌아가듯 보여도 그게 가장 확실하죠, 오늘은 꽤나 교훈적인 얘기가 돼버렸군요(웃음).

미즈마루 요즘 젊은 여자랑 알게 됐을 경우 — 만약에 말인데 — 무리 없이 대처할 수 있겠습니까?

하루키 음, 자신 있습니다. 시대는 변해도 인간의 용량은 변하지 않는다고 생각하니까. 경향은 바뀌어도 기본에는 변함이 없죠. 지난번에 취재차 아오야마대학에 간 적이 있는데, 흥미로웠던 것은 그 학교 학생들이 상당히 현실적이라는 점이에요. 예를 들어 자동차가 없으면 안 된다는 둥, 꼭 일류 회사에 다녀야 한다는 둥, 그런 걸 우선으로 치는 학생이 많았어요. 나는 그런 사람이랑은 사귀지 않을 것 같은데 말이에요. 결혼 생각을 할 정도로는요(웃음).

미즈마루 그래도 좋아하게 된 남자에게 대놓고 그런 말을 하지는 않을 것 같은데요. 너무 안일한가, 이런 사고방식은.

하루키 지금 시대에는 일종의 폐쇄적 상황이 존재하잖아요. 우리 때는 고도성장기라서 돈이 없어도 여하튼 노력하면 부자가 될 수 있고 유명해질 수 있다는 희망이 있었죠. 지금은 그런 게 없어요. 지금의 남자들은 앞날이 너무 뻔하니까 지레 기가 죽어버리는 경향이 있어요. 여자들은 그런 부분을 민감하게 감지하기 때문에, 돈이 있거나, 재능이 있거나, 머리가 좋거나, 학벌이 좋은 사람을 선택하는 거죠.

미즈마루 과연. 난 여성을 비교적 단순한 눈으로 보는데 말이에요. 미인이라든가 그런 기준이 아니라, 어쩐지 호감이 가는 인상인 사람이 제법 심지도 굳고, 얘기를 나눠보면 재미있기도 하고, 성격도 좋아요. 겉모습을 보고 대충 파악할 수 있죠.

하루키 저도 소위 미인이라는 여자를 그다지 좋아하는 편은 아닙니다. 내 취향에 맞는 분위기다 싶은 얼굴을 좋아하죠. 이런 유의 얼굴은 오로지 나만 정당하게 평가할 수 있다, 고 느껴지면 바람직한 셈이에요.

미즈마루 음, 아마 이런 장점을 다른 사람은 캐치할 수 없겠지 싶은 매력을 지닌 사람이 간간이 있죠. 무라카미 씨는 소설에 나오는 것 같은 멋진 대사로……?

하루키 아니요, 전혀. 전 운전을 안 하니 늘 전철을 타잖아요. 이따금 말을 거는 여자들이 있어요. 그런데 저는 그런 것에 완전히 숙맥이거든요. 그래서 이제는 전철도 잘 안 타게 됐습니다. 집 근처를 산책하는 정도고 시내에는 별로 안 나가니까요. 그리고 시장을 봐서 집으로 돌아와 술을 마시며 음악을 듣는 패턴이에요. 안자이 씨는 지금 아오야마에 사시죠?

미즈마루 길에서 잠깐만 스쳐도 앗, 꽤 귀엽잖아, 싶은 여자들이 엄청 많죠.

하루키 좋겠습니다.

미즈마루 어떻게 하면 얘기라도 나눌 수 있을까 하고 매일 궁리합니다.

하루키 궁리만 할 뿐……

미즈마루 가령 무라카미 씨가 어떤 여자를 데려와 소개해주었는데, 며칠 뒤에 그쪽에서 전화해서 오늘밤 놀러가도 괜찮아요? 한다면 자연히 친구가 될 수 있겠죠. 그렇지 않고서야 그냥 길을 걷고 있는데 예쁜 여자가 보인다고 한들 아무런 소용도 없잖아요. 누군지 몰라도 남자친구가 있겠지라고 생각하면 괜히 분해지고 말이에요(웃음).

하루키 자, 그럼 다음번엔 어디 카페라도 가서 한번 시도해볼까요.

미즈마루 좋죠.

부록 (1)
카레라이스 이야기

글 안자이 미즈마루

그림 무라카미 하루키

나는 카레라이스를 좋아해서 곧잘 먹는다. 일주일에 세 번은 먹는다.

언제부터 카레라이스를 좋아하게 됐는지는 몰라도, 지쿠라에 살던 어린 시절부터 이미 좋아했던 것 같다.

지쿠라는 지바현의 보소반도 남단에 있는 바닷가 마을로, 나는 세 살 때쯤부터 중학교를 졸업할 때까지 어머니와 둘이 그곳에 살았다.

내가 어렸을 적에는 마을에 정육점이 없어서, 고기는 도쿄에 있는 누나들이 가끔씩 지쿠라로 놀러 올 때 가져오는 게 고작이었다.

나는 고기를 싫어했다.

뭔지 잘
모를 그림

어머니는 고기를 안 먹는 내게 어떻게든 고기를 먹이려고 카레라이스를 생각해낸 게 아닌가 싶다. 카레라이스를 먹을 때만은 나도 고기를 먹었다. 그래도 지쿠라의 바다에서 건져올린 소라나 작은 전복, 고동 같은 걸로 만든 카레라이스가 훨씬 맛있었다.

아무래도 카레라이스는 어린아이가 태어나서 처음으로 중독되는 음식인 듯, 자기 뜻대로 되지 않는 여자를 각성제 중독으로 만드는 야쿠자처럼, 고기를 먹지 않는 나는 어머니 덕분에 카레라이스 중독이 되고 말았다. 중독 상태가 사십 년 동안이나 나의 육신을 갉아먹은 탓에 이따금 금단 증세에 시달리기도 하고, 식은땀을 흘리며 신주쿠 나카무라야 같은 식당에 뛰어들기도 한다.

벌써 십 년 전쯤에 유럽을 전전하며 여행한 적이 있다. 그때에도 예의 금단 증세에 쫓겨, 비행기를 에어 인디아로 바꾸면 기내식으로 카레라이스가 나오지 않을까 하는 기대감에 미리 예약해두었던 TWA를 취소하고 에어 인디아 카운터로 식은땀을 흘리며 뛰어간 적이 있다. 아니나 다를까 기내식으로 카레라이스가 나오긴 했지만, 일본에서 먹는 것과는 전혀 다른 맛이라 왠지속이 울렁거려서, 약과 물을 달라고 부탁해 먹고는 자고 말았다.

내게 만약 최후의 만찬이 허용된다면 주저 없이 주문할 것이다. 카레라이스와 빨간 수박 한 조각, 그리고 차가운 물 한 잔.

얘기가 갑작스레 바뀌는 듯한데, 우에노에 있는 서양미술관에 〈칼레의 시민〉이라는 로댕의 조각이 있다.

카레라이스와는 관계없지만, 이 조각은 어느 각도로 보나 한치의 틈도 없이 치밀하게 구성돼 있어 경탄할 만하다.

추운 겨울날 하얀 숨을 학학 토해내며 그 조각 주변을 천천히돌아보는 것도 멋진 일이다.

부록 (2)

도쿄 거리에서 도덴이 없어지기 얼마 전 이야기

글 안자이 미즈마루

그림 무라카미 하루키

도쿄 거리에서 도덴*이 없어진 게 언제였더라.

조사해보면 금방 알 수 있겠지만, 나는 어쩐지 어느 날 아침 길에 나가봤더니 도덴이 도쿄에서 싹 사라지고 없더라는 그런 느낌을 좋아해서, 그렇게 생각하기로 했다.

나는 고등학교 시절 아카사카에서 구단에 있는 사립 고등학 교까지 도덴을 타고 통학했다. 벚꽃이 만발한 계절, 미야케자카 부근에서 구단우에에 이르는 벚나무 가로수 길은 뭐라 형용할 수 없을 만큼 아름다웠다. 바람이 불면 춤추듯 떨어지는 벚꽃잎 이 달리는 전차 안으로 날아들어와, 같은 칸에 타고 있는 여학생

---

* 도쿄도에서 운영하는 노면 전차. 1968년에 운행을 중단했다.

의 머리카락에 내려앉곤 했다. 그런 분위기도 몹시 좋았다.

나는 친구 집에 놀러갈때나 백화점이나 영화관에 갈 때나 거의 언제나 도덴을 이용했다. 며칠 전 일러스트레이션 연감에 관한 일로 요코오 다다노리 씨를 만났다. 요코오 씨와 얘기를 해보는 것은 물론 처음이라, 나도 모르게 긴장해서 무슨 얘기를 해야 좋을지 몰랐다.

실은 아직 학생이었을 무렵.

지금은 소니 빌딩이 있는 긴자 언저리를 지하철역 이름으로는 니시긴자, 도덴 역으로는 스키야바시라고 부르던 무렵, 17번 도덴이 그 스키야바시에서 고라쿠엔을 지나 이케부쿠로까지 달렸다. 내가 긴자 거리를 어슬렁거리다 스키야바시까지 걸어왔을 때 17번 도덴의 창문으로 짧은 머리에 와이셔츠 차림의 청년이 울적하게 밖을 내다보고 있었는데, 바로 잡지 같은 데서 곧잘 보았던 요코오 다다노리 씨였다. 그래서 그 얘기를 요코오 씨에게 했더니, 요코오 씨는 "그랬던가요" 한마디만 하고는 특유의 머쓱한 웃음을 지었다.

요새 아카사카 일대를 걸어다니다보면 히토쓰기 같은 거리가 너무나 변해서 어안이 벙벙해지는데, 내가 대학생이었을 무렵 그 동네에는 찻집이 딱 한 군데뿐이었다. '미쓰루'라는 무슨 게이 바 같은 이름이었는데, 어쨌든 거기 하나뿐인 터라 친구들이

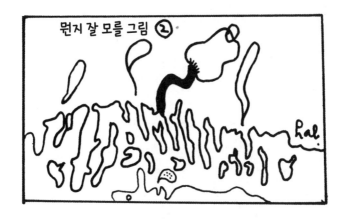

랑 비밀스러운 얘기를 할 때는 종종 그 '미쓰루'에 갔다.

TBS 방송국도 지금처럼 나바론 요새 같은 건물이 아니고, 구주쿠리하마 해안의 토치카 같은 소담스러운 분위기에, 건물 꼭대기에는 조그만 텔레비전 탑이 세워져 있었다. 그보다 TBS가 서 있는 언덕에서는 그때 막 세워져 번쩍번쩍하던 도쿄 타워가 도쿄 기념품 액세서리처럼 보였던 기억이 새삼스럽다. 영화 〈고질라〉에도 그 번쩍번쩍하는 도쿄 타워가 등장했던 것 같은데……

도쿄 거리에서 도덴이 사라지기 얼마 전의 이야기입니다.

후기

후기라지만 쓰고 싶은 말은 본문에 대충 다 썼으므로 새삼 이러니저러니 말할 만한 것도 없다. 아무튼 이 책은 내게는 첫 잡문집 같은 것이며, 본문에서도 밝혔듯이 〈일간 아르바이트 뉴스〉에 일 년 구 개월에 걸쳐 연재했던 칼럼을 묶어놓은 것이다.

연재는 〈일간 아르바이트 뉴스〉에 했지만, 〈일간 아르바이트 뉴스〉 CF에 등장하는 하루키 군이라는 지장보살님과 나는 아무런 관계도 아닙니다. 혹시나 오해가 없도록 말씀드립니다.

그건 그렇고 〈일간 아르바이트 뉴스〉라는 회사는 대개 점심식사 시간대에 CF를 내보내는 것 같은데, 그건 어째서일까? FM방송에서도 낮 열두시부터 하는 프로그램에 협찬하고, 유심히 보면 메밀국숫집 텔레비전에서도 가끔씩 그 CF를 볼 수 있다.

내 생각에는, 일이 없는 사람이 점심때에야 꿈질꿈질 일어나서 이를 닦고(혹은 이는 닦지도 않고), 그길로 메밀국숫집으로 가서 텔레비전을 보며 메밀국수 곱빼기를 후룩후룩 먹어대거나, 부엌에서 FM방송을 들으며 물을 끓여 인스턴트라면 따위를 훌훌거리고 있을 때, '그러고 있으면 안 되죠. 부지런히 일하세요'라는 메시지를 보내려는 뜻이 아닐까 싶다. 과연 무질서한 생활을 하면서 점심때가 돼서야 겨우 일어나 혼자서 꾸무적꾸무적 먹는 점심이란 정말 허무한 것이다. 태양은 반짝반짝 빛나고, 사방을 암만 둘러봐도 일하고 있는 사람들의 모습뿐. 그럴 때 〈일간 아르바이트 뉴스〉의 CF가 나오면 '심기일전해서 아르바이트라도 해볼까' 하는 기분이 들기도 할 것 같다.

만약 그런 이유로 〈일간 아르바이트 뉴스〉의 CF를 점심식사 시간대에 집중적으로 내보내는 거라면 제법 예리한 안목이라 생각한다. 〈일간 아르바이트 뉴스〉의 광고 담당자가 누군지 몰라도 대단하다. 어이, 야마구치 마사히로, 읽고 있나? 자네 칭찬을 하고 있다고, 지금.

나는 본문에는 확실히 야마구치 마사히로 군의 이야기를 좋지 않게 썼는데, 딱히 악의가 있어서는 아니었고, 그 일로 야마구치 군이 상사에게 불려가 단단히 주의를 받은 일에 대해서는 진심으로 사과한다.

그리고 본문 중에 '요즘은 밸런타인데이에도 초콜릿 하나 못 받아서 무말랭이 조림을 만들어 먹었다'는 글을 썼더니, 그후에 이 칼럼을 담당하는 야마자키 씨와 시미즈 씨 두 여자분한테서 초콜릿을 받았는데, 이것도 일부러 청구한 것 같아 미안합니다. 안자이 미즈마루 씨는 내 얼굴을 보면 "작가들은 여자한테 인기가 있으니 좋겠습니다"라고 하지만 실은 전혀 그렇지 못하다. 게다가 내 아내에게까지 "여, 사모님, 작가들은 여자한테 인기가 많아 걱정되시죠?"라는 등의 얘기는 안 했음 좋겠다. 그런 얘기를 하면 나중에 골치 아파지니까.

1984년 6월
무라카미 하루키

옮긴이 김난주

일본문학 전문 번역가. 경희대학교 국문과를 졸업하고 동 대학원을 수료했다. 쇼와여자
대학교에서 석사학위를 취득했고 이후 오쓰마여자대학교와 도쿄대학교에서 일본 근대
문학을 연구했다. 옮긴 책으로 『냉정과 열정 사이』 『키친』 『창가의 토토』 『TV피플』 『소
설가의 각오』 『천 년 동안에』 『겐지 이야기』 등이 있다.

문학동네 세계문학

밸런타인데이의 무말랭이

1판 1쇄 2012년 7월 5일 | 1판 12쇄 2021년 3월 17일
2판 1쇄 인쇄 2023년 5월 11일
2판 1쇄 발행 2023년 5월 18일

지은이 무라카미 하루키 | 옮긴이 김난주
책임편집 양수현 | 편집 황문정 박아름 | 독자모니터 전혜진
디자인 윤종윤 강혜림 | 저작권 박지영 형소진 최은진 오서영
마케팅 정민호 김도윤 한민아 이민경 안남영 김수현 왕지경 황승현 김혜원
브랜딩 함유지 함근아 박민재 김희숙 고보미 정승민
제작 강신은 김동욱 임현식 | 제작처 영신사

펴낸곳 (주)문학동네 | 펴낸이 김소영
출판등록 1993년 10월 22일 제2003-000045호
주소 10881 경기도 파주시 회동길 210
전자우편 editor@munhak.com | 대표전화 031) 955-8888 | 팩스 031) 955-8855
문의전화 031) 955-1927(마케팅) 031) 955-2684(편집)
문학동네카페 http://cafe.naver.com/mhdn
인스타그램 @munhakdongne | 트위터 @munhakdongne
북클럽문학동네 http://bookclubmunhak.com

ISBN 978-89-546-9267-0 04830
       978-89-546-9265-6 (세트)

잘못된 책은 구입하신 서점에서 교환해드립니다.
기타 교환 문의 031-955-2661, 3580

www.munhak.com